山崎光夫

二つの星

横井玉子と佐藤志津
女子美術大学建学への道

山崎光夫

二つの星——横井玉子と佐藤志津——女子美術大学建学への道　目次

装幀　ブリュッケ（佐藤　舞＋牧村　玲）

第一章　佐倉と鉄砲洲

一

　廊下のほうから人の気配を感じて、佐藤志津《さとうしづ》は、耳を澄ませた。文机《ふづくえ》を前にして向かいに座っているのは岡本道庵《おかもとどうあん》である。背筋を伸ばしたいつもの正しい姿勢を保ちながら、志津同様、神経を廊下のほうに向けている。この静かな奥座敷でさっきまで漢書を読みあげていたが、いまは二人とも黙っている。

　岡本道庵はこのころとみに風格が出てきていた。入門して十年を経て二十二歳となり、いまやこの下総国《しもうさ》・佐倉《さくら》にある順天堂《じゅんてんどう》で、塾頭に次ぐ塾監の地位にあり、患者の診察や手術をこなしながら百人余が学ぶ塾生たちを指導し、統率する立場にあった。

　このとき、幕末の元治元年（一八六四）、十四歳の志津から岡本道庵を見れば、漢書の講釈をしてくれるいわば先生でもあるのに、何か兄のような存在だった。塾監などといういかめしい役職なども意識したことはない。

　奥座敷の障子戸は開け放たれ、陽の射した廊下は春の柔らかい風に包まれていた。

　そこへ塾生があらわれ一礼すると、

「先生にお客さまです」

と膝《ひざ》をついて告げた。

「客？」

岡本道庵は一重まぶたの少し窪んだ目を見ひらいた。

「なんでも、お約束とか。でも、子どもの遣いです」

塾生はさらに言葉を継いで、

「ことわりましょうか」

ときいた。

「おおそうだ、かれに頼んであった。もう、できたのか」

岡本は思い出したと言いたげに、伸ばした背筋をさらに伸ばした。志津に行なう漢書の講釈は日も時間も決められている。そこへ別の予定を入れる例はめったにない。数日前に交わした約束事をうっかり忘れていた。

こちらに通しなさい、と岡本は塾生に指示した。

「用件はすぐ終わるので、講義のほうは少し中断させてもらう」

塾生が奥に引きとると、岡本は志津に了解を求めた。

「客というのは、この順天堂の塾生候補だ」

岡本は楽しげな口調だった。

「そうですの。でも、わたくしはここに居ていいのですか」

「もちろんだとも。塾生候補をしっかり見てほしい」

間もなく、案内してきた塾生とともに客があらわれた。絣《かすり》の着物を着た十歳ほどの少年だった。前髪を立てて、あどけない顔つきながら、切れ長の目は聡明《そうめい》そうな強い光を放っていた。

少年は礼儀正しくお辞儀をして、

「絵ができましたのでお持ちしました」

と言って、そのまま布の袋を提げ、黒光りした廊下に佇《たたず》んでいる。

「どうぞ、こちらへ」

と岡本は自分と志津とのあいだのかたわらに少年を座らせた。絵ができたらいつでも持ってきてほしいと頼んでおいたのだが、これほど早くできるとは予想していなかった。

「こちらは浅井忠《ちゅう》くんだ」

岡本は志津に紹介した。年齢は九歳ですでに家督を継いでいて、れっきとした家長だった。岡本は少年に礼を失しないよう注意した。

九歳の家長、浅井忠は、安政三年（一八五六）江戸・木挽町《こびき》（現・銀座一〜八丁目の東銀座一帯）の佐倉藩中屋敷に長男として生まれた。父、常明《つねあき》は長沼流の軍学者で、藩校・成徳書院《せいとくしょいん》の学問所奉行（校長）も務め、開明派の佐倉藩主・堀田正睦《ほったまさよし》に長く近侍した。一方、岡本道庵の父、千春《ちはる》は、成徳書院の医学所で医学を教えていた。

岡本と浅井の父親はともに成徳書院に教師として身を置き、藩内の学問の督励と普及につとめたのである。さらに、浅井は八歳で父を失い、岡本も同様、幼くして父親を亡くしていて、偶然とはいえ境遇が似ていた。

「絵が上手で、いま手伝ってもらっている」

岡本は言った。

今度は、浅井に志津を紹介する番である。

「こちらは……」

と言いかけて岡本は志津をどう紹介したらいいものか迷った。

志津について順天堂の塾生のあいだでは、おおむね「姫」で通っている。が、ここで、姫ですとも言えない。

志津は、いま順天堂を主宰する第二代堂主、佐藤尚中《たかなか》（注・当時はまだ舜海《しゅんかい》と名のり、のちに改名したが、本稿では尚中に統一）の長女だった。背丈はすらりとのびて高かった。どことなく気品があって、目鼻だちが整っているせいか冷たい印象だった。生け花、茶道、三味線、礼儀作法と、あらゆる習い事に通じているのは両親の指導の賜物《たまもの》だったが、当人も嫌いでなかったので上達も早かった。何でもできて、しかも気性は男まさりだった。動きに無駄がないのは薙刀《なぎなた》に親しんできたせいだろう。水戸藩の武道指南からじきじきに伝授され、穴沢流の使い手でもある。ふだんから練習に余念がなく、順天堂に隣接する佐藤家の庭で薙刀を振り、そのかけ声は診療室にまできこえてきたものだった。

塾生たちは、「あばらっ娘《こ》」と揶揄していた。はじめは佐倉より南に位置する上総《かずさ》・夷隅《いすみ》のほうからきている塾生が口にしたらしい。土地の言葉で、お転婆娘の意味という。

——あばら、とは……。

うまいことを言ったものだと岡本は感心させられもした。実際、志津は勘も鋭く、利かん気で、並の塾生はたちうちできず志津を敬遠していた。

岡本はごくふつうで行くしかないと考え、

「こちらは順天堂のお嬢様の志津さんだ」

と紹介した。

志津はこのお嬢様という言いまわしが嫌いで仕方なかった。他人からみれば、佐藤家の長女として大事に育てられているお嬢様にちがいはないのだろうが、世間知らずを公言されているようで抵抗感をおぼえるのである。馬鹿にされているような気もしていた。

だが、志津はそんな感想はおくびにも出さず、

「はじめまして」

と少年に一礼して、正面から見つめておどろいた。今年十一歳になった弟の百太郎《ももたろう》とよく似ているのである。年回りばかりでなく、おっとりした風貌《ふうぼう》も雰囲気もどこか似かよっていた。

浅井は、はにかんだようにお辞儀を返した。

この浅井は後年、日本洋画界の先駆者となり、「生活の中に美術を」と提唱して、西洋の文物

を吸収して文明開化につとめたこの国の美術界を牽引《けんいん》する。

もちろん、志津には少年のそうした行く末など想像すらしていなかった。

――浅井忠……。

志津はその五歳下の美しい目を持った少年の名前を胸に刻んだだけだった。

二

挨拶《あいさつ》が終わると、浅井は持参した絵を袋から取り出した。

「こんなにできているのか」

岡本は絵の束を手にとった。四、五十枚はあっただろう。短時間でよくこれだけの量を描いたものだとただただ感じ入った。
二、三枚を眺めてから、
「解剖図を模写してもらったのです。いや、じつによく描けている」

見てください、と岡本は志津のほうにすべらせた。

少年は誉《ほ》められて照れくさそうに目のやり場に困っていた。

人体の解剖図だった。腹部の表皮を剝《は》いだ図が描かれ内臓を露出させている。胃や肝臓、腎臓、大腸などが、和綴《わと》じ本大の粗末な雁皮紙《がんぴし》（灌木《かんぼく》の雁皮を材料にして作った紙）に彩色されて描かれていた。臓器の配置や大小がよく分かる。その臓器に浮きでた細い血管も精密に描写されている。

――上手《うま》い……。

志津はそうとしか表現できなかった。医者の娘ながら人体の内部など見た経験はない。その模写絵であたかも解剖に立ち会っているような気にもなった。筆使い、色調、線の強弱など、模写ながらこれが九歳の子どもの絵かとその才能に感心した。

人体解剖図の原本は、堂主・佐藤尚中が留学していた長崎から持ち帰った資料の一部だった。それを岡本が、絵が上手ときいて浅井に模写を依頼したのである。

「これは塾生たちの取り合いになりそうだ」

岡本は正直な感想をもらした。

人体解剖図について、塾生たちは順天堂の書庫に備えられた書物や図譜で見るしかなかった。この国に一冊しかない西洋の原書も含まれていて貴重この上ない。そして、写すのである。だが、文章ならまだしも、絵となるとだれも正確に写し取れなかった。まして彩色などできる者はいない。

「浅井くん、塾生たちは大助かりだ」

岡本が礼を言うと、浅井は急に、

「今日、絵の先生にいただいた物を持っています」

とうれしそうに細長い包みから中身を取り出して見せた。

絵筆だった。面相筆《めんそう》という軸についた穂の胴の部分が長い作りの筆である。日本画を描くには、彩色筆、平筆、隈取筆《くまどり》など、種々の筆を用途に応じて使い分ける必要がある。面相筆も日本画には欠かせない基本の筆で、細密な線を描くのに重宝する。浅井がもらったのはイタチの毛でできている高級品である。少年には過ぎた贈り物だから喜びもひとしおで自慢でもあったのだろう。

浅井のいう先生とは、佐倉藩士で画家の黒沼槐山《くろぬまかいざん》（一八二五〜九一）だった。

黒沼槐山は、江戸時代後期に文人画で一派をなした谷文晁《たにぶんちょう》（一七六三〜一八四〇）の弟子で、鯉《こい》の絵を得意とした。

あるとき、

「槐山の鯉は太りすぎている」

と絵師仲間から批判を受けたことがある。

槐山は笑って、

「なに、印旛沼《いんば》の鯉を見たことがないのだろう」

と一蹴《いっしゅう》したという。実際、槐山が印旛沼で釣りあげていた鯉は竿《さお》が折れそうで引きも強い大ぶりだった。

岡本はこの槐山に人体解剖図の模写を依頼した。複製品があれば、手術に立ち会う塾生たちも研究しやすいはずだった。

「少年だが、ちょうどよいのがいる」

と槐山は即答した。

入門を願い出てきた子どもに、試しに線引きをさせたところ、浅井は常人にはない筆使いをした。横線、縦線を正確に引く線引きは絵描きの基本だった。槐山のような年季のはいった画家には、その線を一、二本見れば画家としての将来性はほぼ見当がついた。少年の腕を見込んで解剖図の模写に従事させた。人体図の模写は絵の練習に恰好《かっこう》という判断もあった。

余談だが――、イタリア、ルネサンス期の画家、レオナルド・ダ・ヴィンチ（一四五二〜一五一九）は正確で精密な人体解剖図を残している。みずから死体を解剖しての図集である。脳卒中の記載はダ・ヴィンチが初めてだった。あの「モナリザ」の微笑の陰には死体解剖を経た上でしかつかみ得ない究極の写実が存在する。深い精神性を追求して人間を描写するには、徹底した写実が必要だった。好奇心は人体を裂いて血管や神経、脳細胞に及んだのである。さらに、ミケランジェロ（一四七五〜一五六四）も十二年余にわたり解剖学を修め、医者より多く死体解剖に従事した。

人体こそは画家にとって永遠の画題であり、大宇宙なのであろう。

浅井は、その後、槐山のもとで花鳥画を学び、「槐庭」の号を授与されるほどに成長した。

浅井の非凡さについては種々の話が伝わっている。幼少のころ、自宅で何気なく凧《たこ》の絵を描いたところ、それを見た父親は出来ばえにおどろき、いずれ師につけ一芸を身につけさせようと心に決めたという。その矢先、父親は他界したが、才能を惜しむ声があがり親戚筋が黒沼槐山のもとに連れて行ったのである。

岡本道庵が紹介されて初めて会ったとき、あらわれた人物が少年で、しかも九歳のあどけない子どもだったので一時は案じたものだった。が、浅井少年は岡本の期待に十分に応えた。

岡本はいまではさらに期待している。

「どうだろう、他にも図譜があるのだが、描いてもらえるだろうか」

全身図や局所の細密図もある。骨格だけの絵もある。

「やらせていただきます」

少年は前髪を振ってうなずいた。

「そうか、助かる。ところで、この順天堂に歩いて来るのはたいへんではないかね」

岡本は少年を気づかった。

浅井が江戸を離れて佐倉に来てそれほど月日が経っていなかった。

尊皇攘夷で揺れる幕末のこの時期、佐倉藩では家臣たちに物情騒然とした江戸を引き上げ国もとに帰るよう指示が出ていた。そのため、佐倉は帰国した藩士たちであふれ、多くは住む家を探すのに苦労していた。

「いいえ、大丈夫です。今は宮小路《みやこうじ》の叔父《おじ》の家で母や弟たちとともにお世話になっています」

「宮小路か……」

大手門のすぐそばで、順天堂に来るにはそう不便はなかった。

「いずれ将門《まさかど》に家ができるときいています」

浅井は大人びた口調だった。

将門は城の東方一里（四キロ）ほどにあって平将門をまつる神社があった。藩では急遽、林を伐採して山を切り開き、家屋や学校の建設を計画していた。いわば町外れにもうひとつ新しい文教地区を形成しようというのだった。

佐倉藩では堀田正睦が堀田家五代目の藩主に就いてから武芸と学術が振興した。これは陪臣からの提言をききいれて天保四年（一八三三）に実施した、「一術《いちじゅつ》免許の制」による。藩士の子どもが家督相続するとき、武術であれ学問であれ、何かひとつ免許を持っていないと禄《ろく》を減らすという制度である。その教育機関として、従来の「温故堂《おんこどう》」を拡充整備して、天保七年（一八三六）に藩校、「成徳書院」を設置した。

以来、佐倉藩は文武両道が盛んとなった。

浅井の父親が息子に日本画を学ばせようとしたのも、「一術免許の制」にのっとり一芸を身につけさせようとした意図から発していた。

浅井はいま、その成徳書院で漢籍や書道を学び、そのかたわら絵を修めていた。

岡本にとって浅井のやる気は大歓迎だった。

「では、これからもよろしく頼む」

早速、新しい解剖図を一枚選んで浅井に渡した。浅井はしばらくその絵を眺めてから、大事そうに袋に納めると、これで失礼致しますと一礼して廊下を戻って行った。


「ああいう人がいるので助かります」

浅井少年がいなくなってしばらくして岡本は言った。

「才能がある人はうらやましいですわ」

志津はいままで目の前で繰り広げられていた二人のやりとりを思い起こしていた。お互い解剖図に真剣に取り組んでいて、きいていて気持ちよかった。

「これで尚中先生の教えを具体化できます」

岡本は安心したような口ぶりだった。

「父が何かいいまして？」

志津は教えの意味が分からなかった。岡本がわざわざ父の名前を出すには重い理由があるように思えた。

「手術は戦場だというのは尚中先生の口癖です」

名実ともに佐倉順天堂を率いている佐藤尚中は、このとき三十八歳で外科医として一家をなしていた。人格的にも、技術的にも優れていて塾生たちから畏敬《いけい》の的であった。

尚中は人間にメスを入れて病巣に迫るのは戦争そのものだという考えを持っていた。戦国武将が戦場で勝ち抜くには、敵の陣容を知ることもさることながら、その場の地理に詳しいか否かが勝敗を決する重要な要素だった。それは歴史が教えている。

「手術において人体は戦場です。そして、人体の地理はまさに解剖学に精通してはじめて明らかになります」

岡本道庵はこの尚中の精神にのっとり、塾生たちに人体解剖図を配布したいと考え、絵心のある人物を探していた。そして、浅井忠に出会ったのであった。

解剖学は医学の基礎、根本である。

わが国の人体解剖といえば、江戸時代中期の宝暦四年（一七五四）に山脇東洋《やまわきとうよう》（一七〇五〜六二）が刑死人の腑分《ふわ》けに立ち会い、人体の内部を肉眼で観察したのが日本初の解剖だった。このとき臓器や骨格、全身図を写生したのは、山脇の門人で画家の浅沼佐盈《あさぬますけみつ》（一七二一〜没年不明）である。伊勢出身の浅沼佐盈は円山応挙《まるやまおうきよ》に日本画の手ほどきを受けた絵師だった。

山脇東洋はこの五年後に彩色がほどこされた内臓図の載った『藏志《ぞうし》』（上下巻）を著《あらわ》し、解剖学史に先鞭《せんべん》をつけた。

写真のない時代、画家が介在してはじめて解剖図の掲載が可能となった。

さらに、杉田玄白《すぎたげんぱく》（一七三三〜一八一七）や前野良沢《まえのりょうたく》（一七二三〜一八〇三）らが江戸・小塚《こづか》原《ぱら》の女刑死人の腑分けを経験してのち、クルムス著の和蘭《オランダ》解剖書『ターヘル・アナトミア』を訳して、安永三年（一七七四）に『解體新書《かいたい》』として刊行した。

杉田玄白はこの本の刊行にあたり、解剖付図の描ける画工を探しに探したという。『ターヘル・アナトミア』を苦闘の末に解読したものの、付図は自分たちには描けなかった。ようやく秋田藩士で平賀源内（一七二八〜七九）に師事して西洋画の技法を学んだ小田野直武《おだのなおたけ》（一七四九〜八〇）を紹介され、付図を描いてもらった。小田野がいなかったなら『解體新書』も挿絵なしの不完全な書物に終わったであろう。

この『解體新書』の刊行を契機に蘭学が勃興《ぼっこう》し、西洋の学問に目が向けられるようになった。近代医学への突破口となったのは蘭学であり、その出発点に解剖学が存在したのである。さらにいえば、解剖学を縁の下で支えたのは画家だった。

さて、『解體新書』は日本医学史上、革命的な書物だった。腑分けの体験で一気に新しい医学の扉が開いた。だが、その腑分けにおいて、杉田玄白や前野良沢らはみずから死体に触れ、また、自分の手で裂いたわけではない。腑分けを実際に行なったのは刑場の担当員である。また、刑場での解剖は時間の制約があり、室内の台上で解剖するのとちがって精密な観察は不可能である。玄白や良沢らが行なった腑分けは決して満足できる解剖とはいいがたかった。だが、人体という未知の構造物に、真理の探究のためにというメスを振るって解いたのは事実であり、革命だった。

近代医学に見合った解剖が行なわれるには、それからかなりの年月を要した。

日本初の系統だったほぼ完璧《かんぺき》に近い解剖は、安政六年（一八五九）八月十三日、長崎の本蓮寺という寺に近い坂の一画に建つ小屋で実施された。第六頸椎《けいつい》から斬《き》り落とされた男刑死人の死体にメスを入れて解剖を主導したのは、ポンペ・ファン・メールデルフォールト（一八二九〜一九〇八）である。オランダ人の海軍軍医で安政四年（一八五七）、ヤパン号（のちの咸臨丸《かんりんまる》）で長崎に来た。以来、日本に丸五年滞在して医学教育に貢献する。

このポンペのかたわらで補助したのは幕府医官、松本良順《まつもとりょうじゅん》（のちの松井順）である。順天堂医院、初代堂主・佐藤泰然《たいぜん》の次男で、請われて松本良甫《りょうほ》の養子となり、幕命で長崎に留学してポンペに師事していた。

当時、幕府に仕える医師に対し、外科と眼科を除いては蘭方医学を禁止する旨の法律が嘉永二年（一八四九）三月、幕府から出されていた。さらに九月には蘭書翻訳取締令を出して、オランダ医書の出版を許可制とした。露骨にオランダ医学を締め出していた。漢方に固執しておのれの権益確保だけに汲々《きゅうきゅう》とする奥医師たちの画策だった。このためにポンペは来日したものの、蘭医学の教授に不自由をかこっていた。研究できない学者ほど悲しい存在はない。そのポンペに理解を示し、蘭学に好意を寄せたのは佐倉藩主・堀田正睦だった。正睦あってのポンペだった。やがて、時代の流れで蘭方医学の禁は解かれる。

佐倉藩ゆかりの松本良順がポンペのもとを訪れ、医学を学びはじめた。しかも優秀で熱心だったので最も信頼した。日本で最初の科学的人体解剖に際して助手に選んだのも当然だった。

その後、佐倉の順天堂からもう一人ポンペのもとに弟子入りしてきた人物がいる。佐藤尚中だった。尚中は佐藤泰然の養子に入ったので、泰然を父に持つ松本良順は義弟にあたる。科学的人体解剖が行なわれた翌年の長崎入りである。

「外科医は実習によってのみ一人前の医師になれるのであって、単に医学書や理論だけではなれない」

これがポンペの医学教育の基本だった。

尚中はこの教えを忠実に守って医術の腕を磨いた。ポンペの念願だった「長崎養生所」の建設にも松本良順ともども協力して実現にこぎつけた。日本初の近代的養生所（病院）建設の体験は、そのまま順天堂の医療や後年の佐倉養生所の設置に結びついた。

尚中について、ポンペは著作のなかで、

「さる大名の藩医である佐藤氏は、事実まことにすぐれた外科医であった」

と述懐している。

尚中は一年余の長崎遊学中、ポンペのもとで基礎医学から薬剤学、診療まで系統だてて学んだのである——。

志津と岡本道庵のいる奥座敷に春の風が花の香りを運んできていた。

「長崎時代、尚中先生は密《ひそ》かに死体を入手したといいます」

文机に置いた漢書の頁が風で動いたのを元にもどしながら岡本は言った。

「死んだ人をですの」

志津には不思議な気がした。父は外科医として生きた患者を診《み》ていたのではないかと考えた。

「解剖できる死体をあらゆるつてを頼って手に入れていたようです。これは解剖学を究めるためで、同時に手術の腕を上げていったときいています」

尚中は死体から人体内部のありようをつかみ、同時に血管を結紮《けっさつ》（糸を用いてしばること）する練習を重ねた。外科医の腕は結紮に始まり結紮に終わるというほど、その能力は血管をどう結紮するかの習熟度で決まる。言葉をかえれば、手術の出来不出来はいかに出血を抑えるかに尽きる。

「人体という戦場において、尚中先生は戦いには絶対に勝たねばならないという信念の持ち主です」

ポンペの教えを忠実に実行する尚中が率いる佐倉順天堂は、「佐倉は江戸まさり」「日新《にっしん》の医学、佐倉の林中より生ず」と謳《うた》われているのである。

「一枚の人体解剖図がどれだけ医学研究に役立つかわかっていただけたとおもいます」

岡本があらためて口にし、志津はいまさらながら人体解剖の重要性を知ったのである。

「今日もたくさんの患者さんがいらしていますね」

志津は軒先のほころび始めた桜の花を眺めながら、順天堂医院の門のある方向に目をうつした。

もちろん広い邸宅にさえぎられて特徴ある門――黒い冠木門《かぶきもん》は見えない。

患者は全国から集まってきていた。ここでは診察が始まる時間前から開門を待ちかねた患者の列ができる。日常的に見られる現象だった。

この日、江戸・築地鉄砲洲《つきじてっぽうず》から来た母娘の患者がいた。十一歳になる娘の名を原玉子《はらたまこ》（のちの横井玉子）といった。手に負った火傷《やけど》が悪化の一途をたどっていた。

三

原玉子と母のセキは名前を呼ばれて席を立ち、診療室に入った。

畳敷きの十畳ほどの座敷だった。中央部に薄手のござが敷かれ、長椅子《ながいす》が用意されていた。壁際にはガラス張りで中が透けて見える戸棚が置かれている。大小さまざまの鋏《はさみ》や小刀、針などが所狭しと並べられていた。握り部分が大きく刃先の短い異形の鋏があるかと思えば、銀色に不気味に光った鋭い小刀がある。一見、大工道具のような、のこぎり、鎌、鑿《のみ》、金属棒なども納められていた。

十一歳の玉子が初めて目にするものばかりで、思わず母の手を握りしめた。

机の上には薬瓶が多数置かれ、部屋は薬のにおいも充満していた。

ただ、隅の違い棚に連翹《れんぎょう》が生けられていて、殺伐としたたたずまいの中で、そこだけ黄色い房が息づいているようで、玉子は救いを感じた。

診療室には白い作務衣《さむえ》姿の男三人が待っていた。順天堂二代堂主・佐藤尚中と若い助手の高和《たかわ》東之助《とうのすけ》、長谷川泰《はせがわたい》だった。

「どうされましたか」

尚中が玉子の左手に巻かれた布を見つめながらたずねた。誰が見ても玉子の左手に何重も巻かれた白い布は異様だった。

このとき、働き盛りの尚中は、佐倉順天堂のすべてを引き継いで二年を経ている。

「かまどで沸かしていた熱湯を手にかけてしまったのです」

セキが答えた。

尚中は高和に少女の布をはずすように指示した。

「わたしがもう少し注意していれば……」

こんなことにはならなかったのに、と口にした。繰り言とはわかっていてもセキは言わずにいられなかったようだった。

高和は慎重な手つきで巻きつけられた細い布をはずして行った。

「わたしが悪いのです」

とセキは再び言った。

玉子の左手が次第にあらわになる。

「痛くないですか」

高和は少女に問いかけた。

玉子は唇を噛《か》みながら黙って首を横に振った。泣きたいのをこらえているのだろう、目に涙がたまっていた。

最後の部分は布が皮膚に密着していた。なかなか剝がせない。

「痛くないですか」

何度も高和はやさしく少女に話しかけながら少しずつ布を持ち上げる。

それでも玉子は黙っている。

「…………」

あふれる涙を時折袖《そで》で拭《ふ》いていた。流す涙が痛みを物語っていた。

そして、布がすべて取りはらわれ、左手があらわになった。

手の甲が赤くただれて腫《は》れあがり痛々しかった。粘液の滲《にじ》みだした皮膚は田んぼのぬかるみを思わせた。凹凸を呈し内部まで腐乱していて、一部は骨が見えそうだった。全体に赤茶色がかっているのは塗り薬が残っているためと思われた。指も腫れて密着したままの重い火傷だった。

「指を静かに動かし手を開いてみてください」

尚中が火傷の痕《あと》を入念に観察してから少女を促した。

玉子は言われるまま手指を徐々に動かした。

「痛かったらやめてください」

尚中は手を見つめながら言った。

肩を震わせ涙をこらえながら、玉子はさらに手指を静かに動かした。やがて指は広がった。

「よかった。指同士はくっついていない」

尚中はそう言って母親のほうに顔をむけた。

セキは安心したようにうなずいた。

「指がついたままですとメスで切りこまねばなりません」

そうしなければ手は一生、さながら棒状に伸びたままで指は自由に動かせない。最悪の事態は避けられていたので尚中も安堵《あんど》していた。

「近くの漢方の先生に診てもらっていましたがいっこうによくならないのです。よくならないどころか、ますます悪くなってしまいました」

セキはそれまでの経過を説明した。漢方医の指示のまま、赤茶色の薬を塗り、処方薬も飲んだのだった。

尚中は塗り薬は紫雲膏《しうんこう》だろうと当たりをつけていた。この薬は紀伊の医者で、漢方と蘭方に通じていた華岡青洲《はなおかせいしゅう》（一七六〇～一八三五）の創製した外用薬である。紫根《しこん》（注・ムラサキ科の多年草、紫草の根。江戸紫として染色の材料としても使用）を主剤に用いる良薬だったが、作り方が難しい。また、服薬の処方では排膿散《はいのうさん》を想定した。

目の前の患者は腕の悪い漢方医にかかって、あたら症状をこじらせてしまったようだった。初期の手当てに失敗した例といえる。

「何でも、火傷の毒は質《たち》が悪く、その毒が体をめぐると取り返しがきかないといわれました。命取りになるという人もいました」

本当でしょうかとセキはきいた。

「それは本当です。傷口から生みだされる毒を止められず暴れるにまかすと、毒素が全身にまわります。そうすると手のほどこしようはありません」

「大丈夫でしょうか」

セキは心配そうに娘の左手を見つめた。

「ご安心ください。もっとひどい例も治したことがあります」

尚中は母親、それよりも少女を安心させるために力をこめて断言した。実際、自信を持っていた。


尚中は助手の長谷川をかたわらに呼んでたずねた。

「長谷川はどう治療するか」

ここ佐倉順天堂は蘭学と西洋医学、それに実地医学が学べる先端の学問所だった。似たような学問塾は、大坂・過書町《かしよ》に緒方洪庵《おがたこうあん》の主宰する「適塾《てきじゆく》」があり、蘭学が大いに振興した。その緒方洪庵は文久三年（一八六三）に急死し、適塾は指導者を失っていた。

佐倉順天堂は理論もさることながら、実地医学を重視し、診療施設である「医院」を設置して患者を診察していた。もとより江戸にはこのような学問所はなく、新進の学問に志を抱く若者は下総国・佐倉順天堂の門をたたくしかなかった。幕末期、一千余名にのぼる有為の人材を輩出した。

数いる優秀な順天堂の塾生のなかで、尚中は高和東之助と長谷川泰をことのほか買っていた。

――いずれどちらかに……。

順天堂をまかせようと考えていた。

二人は同期生だった。ともに二年前の文久二年（一八六二）に入門している。二十歳の高和東之助のほうが三歳下だった。二人の性格は真反対で、高和は温厚で冷静沈着であるが、長谷川は乱暴な一面があって勇猛果敢だった。好対照の性格は、その顔つきや言葉遣いにも出ていた。

尚中は順天堂に訪れる重症例の患者を診るときは、必ず二人を同席させ意見をきいている。目をかけた二人の競争心を故意にあおるのは、切磋琢磨《せっさたくま》させて、日新の医学を佐倉の林中より生じさせたいという堂主としての願望であった。

長谷川は一歩前に出て少女の左手をしばらく見つめていた。

「まず、ただれた個所を残らずメスでこすげ落として黴菌《ばいきん》の巣を断ち切ります。そして、濃い塩水できれいに洗ったのち、塗り薬を付けて肉芽が形成されるのを助けます」

長谷川はすでに治療方針を決めていたとみえてよどみなく答えた。

「どんな塗り薬を使うのだ」

「紫雲膏でよろしいかとおもいます」

明瞭《めいりょう》に応答した。自信家の長谷川らしいものの言いようだった。

「きみはどうする？」

尚中が今度は高和に問いかけた。

「わたしはまずアルコール、次に、石灰水で表面部分をよく洗います」

そのあと滲み出ている粘液を清潔な布で拭きとり、油を塗りますと答えた。石灰水は石灰の粉末を水で溶いたもので、消毒作用がある。余談だが、当時は「消毒」の言葉はなかった。

「石灰水はそのまま使うのか」

「ええ、まあ……」

きかれて高和は曖昧《あいまい》に答えた。あらためてきかれると自信がなかった。

「油は何を使うつもりだ」

「テレビン油《ゆ》を使います」

高和はこれには自信があった。テレビン油は松脂《まつやに》を水蒸気で蒸留して作るもので、痛み止め、排膿作用がある。蘭方では膏薬に好んで使用した。

「なるほど。それで終わりか」

「治療は終わりですが、そのあと清潔な布で包み、なるべく外気に触れないようにします」

密封を心がけるためですと高和はつけ加えた。

二人の助手の治療方針をきき終わると尚中は早速、治療にとりかかった。

「アルコールと盥《たらい》の用意だ。患部を洗う」

と尚中は高和に命じた。

高和はアルコールを準備し、長谷川が小ぶりの盥を用意した。

まず尚中は柔らかい和紙で玉子の火傷痕《あと》に滲み出ている膿《うみ》を静かに拭きとって行った。そして、玉子に盥の上に手をかざすように言って、アルコールをたっぷりとしみこませた綿《わた》で、患部にまんべんなく付けて行った。そのこぼれる液体を長谷川は盥で下から受けた。

「痛くはないですか」

尚中が新しい綿で静かに拭きとりながら問いかける。

「痛くありません」

玉子ははっきりした口調で答えた。

——我慢強い子だ……。

尚中はおどろいていた。これが痛くないわけはないのに、弱音をはかない子だった。これほど我慢強い子どもに出会うのは初めてだった。涙があふれているのに痛みに耐えている。

次に尚中は高和に明礬《みようばん》と水をはこばせ明礬水を作るよう命じた。そして、それを綿に浸し患部にていねいに当てて行った。洗浄と止血のためだった。

その治療をしながら尚中は、長谷川にテレビン油と木蠟《もくろう》を用意するように命じた。

明礬水での洗浄が終わると、用意されたテレビン油と木蠟、それに少量の亜鉛華《あえんか》を乳鉢内で混ぜあわせた。木蠟はハゼノキの果実から得られるロウ状の物質で、ロウソクの材料にもなるが、軟膏として使うときの基本の素材となった。亜鉛華は亜鉛鉱石の一種で皮膚症状を改善する。

尚中は練りあげたテレビン油軟膏を指先にすくいとり患部に薄く塗って行った。

「テレビン油は単独で使うより、この場合、木蠟で練ったほうが空気を遮断する。また、排膿効果も高い」

尚中は助手二人に教えた。

尚中がさりげなく言った、この場合とは、重い症状を意味した。だがそれを口に出さずに伝えたのは少女への配慮である。

「長谷川くん、患者さんに最後の手当てをしてあげなさい」

尚中はそう長谷川に命じて玉子のそばを離れた。

ただちに長谷川は少女の患部に布を巻いて行った。なるべく空気に触れないよう密封を心がける巻き方だった。

結局、尚中は治療に紫雲膏を使わなかった。ほぼ、高和の治療方針を採用していた。それが二人に対する尚中の無言の評価だった。

「これで治療は終わりました」

尚中は長谷川が布を巻き終わるのを確認してから母親に言った。

セキは尚中に礼を述べてから、

「先生、痕はのこるでしょうか」

と心配そうにきいた。

「それは……、半々です。これからどう傷痕が修復されていくかにかかっています」

「そうですか」

「ただ、娘さんは若い。非常に若い。修復能力は強いものがあります」

大事には至らないでしょうと言った。

セキは安心したようにうなずいた。

尚中は今度は玉子に向かって、

「まだ痛みますか」

とたずねた。

「少し痛みます」

治療が終わってはじめて痛いという言葉を口にした。玉子は巻かれた布を見つめている。もう涙は止まっていた。

「いま治療したばかりで、傷口に触りましたから痛むのでしょう。もっと痛むときは手を高く上げるとよいですよ」

少しは楽になりますと付け加えて、尚中は玉子の左手を高く持ちあげた。

「どうしてですか」

持ちあげられた自分の手先を見ながら玉子はきいた。

「どうして？」

少女が何をきいてきたのかわからず尚中は問い返した。

「どうして手を高く上げていると楽なのですか」

玉子は楽になる理由を知りたかった。疑問を覚えると解かずにすまないのが玉子の性分だった。父親が砲術師範役を務める教育熱心な家庭に育った面もあるが、生まれついての探究心と根気を人一倍持っていた。

十一歳の少女の真剣な眼差《まなざ》しに、尚中はいい加減には答えられないと考えた。

「心臓より下に手があるとき、心臓の搏動《はくどう》が直《じか》に伝わるものです」

尚中は玉子の左腕を下げてみせた。次に上にあげて、

「こうして上にあげれば、搏動の影響が軽くなり痛みが弱まります」

どうですかと尚中は少女に確かめた。

「本当に……。楽になりました」

玉子は納得した。そして、自分でも腕を上げ下げして痛みの具合を確認した。

それから、尚中は母親に、これからの養生として、鶏卵や鰻《うなぎ》、乾鮭《ほしざけ》などの滋養のあるものを食

べて体力をつけるよう助言した。

セキはあらためて医者たちに礼を言って、

「勧める人もいましたし、こちらの土地には縁《ゆかり》もありましたので、思いきって佐倉に来ました」

来た甲斐《かい》がありましたと付けくわえた。

「そうでしたか。どちらからいらっしゃいましたか」

「江戸の築地鉄砲洲から来ました」

「えっ、いま、鉄砲洲といわれましたか」

尚中は思わず背筋を伸ばし声をあげた。

「は、はい」

セキは尚中の反応におどろきながら返事した。

「そうですか。鉄砲洲からですか」

尚中は胸におさめるように口にした。

四

鉄砲洲ときいて何も感じない佐倉順天堂の関係者はいない。

「鉄砲洲からですか。では福沢諭吉《ふくざわゆきち》という人をご存じですか」

尚中はその名前に親しみをこめてきいていた。

「もちろん知っています」

「ご存じでしたか」

尚中は再びおどろいた。

セキはなぜそれほどおどろくのかわからなかった。だが、考えてみれば、確かに鉄砲洲に住んでいるからこそ福沢諭吉をよく知っているのである。

「福沢先生はわたしたちの西隣にお住まいです」

この子はよく福沢先生のお宅に出入りしていましたとセキは玉子の肩に手をのせながら答えた。

掘割ともいえる鉄砲洲川をはさんで住むいわば隣同士だった。

鉄砲洲は江戸城の東南に位置していて江戸湾に面していた。明暦三年（一六五七）正月十八日、十九日にわたり江戸市中をほぼ焼き尽くした大火（別名、振袖火事）のあと、築地とともに瓦礫《がれき》で埋め立てられて造成された場所である。火元は本郷丸山の本妙寺だった。この江戸城の天守閣、本丸さえ焼いた明暦大火は武家屋敷を郊外に移すきっかけとなった。鉄砲洲にはその歴史を引き継ぎ幕末に至るまで武家屋敷が建ちならんでいた。

地名の由来として、大砲や鉄砲の試し撃ちをした場所、洲の形が鉄砲に似ているからという二説がいわれている。

「わが順天堂は福沢先生にたいへんお世話になっています」

と尚中は言った。

「こちらが福沢先生とご縁があったとは知りませんでした」

セキは佐倉で福沢諭吉の話になるとは思ってもみなかったので、正直な感想をもらした。

「この佐倉順天堂は福沢先生から有形無形の影響を受けています」

尚中は感謝の念を加えながら言った。

佐倉藩士の沼崎済介、巳之助兄弟が、安政六年（一八五九）から文久三年（一八六三）まで福沢諭吉のもとで英学を習っている。これがきっかけとなって佐倉藩士内で英学が注目されるようになった。蘭学よりさらに進めて英学に移行する流れを作ったのは福沢諭吉によるところが多い。

尚中自身も長崎留学中に蘭学より英学の重要性に気づいた一人だった。

――これからは英学だ。

英語は万国共通語として世界で通用している事実を知ったのである。一方、オランダ語の普及は英語に比べれば狭い範囲だった。とはいえ、蘭学をないがしろにはしなかった。しかし、その尚中さえ、後年、福沢諭吉にわが子を直接支援してもらったり、親戚関係になるとは予想すらしていなかった。

五

鉄砲洲から佐倉に来るには、十二里（約五十キロメートル）の遠い道のりがあり、ある種の決意が必要だった。陸路では、市川、船橋、大和田、臼井《うすい》を経て佐倉に至る昔ながらの道があった。水路もあり、日本橋小網町で乗船し、沿岸を進んで江戸川河口の行徳《ぎょうとく》で下りる。いわゆる、行徳船の利用である。あとの行程は陸路を使う方法だった。

セキと玉子は水運を利用して船橋で一泊し、佐倉に着いた。当時、医院に宿泊施設は付随していなかった。佐倉順天堂の周辺では全国から集まる患者目当てに数軒の病人宿が建てられていた。セキと玉子はその一軒に荷を解いたのである。

原玉子は、鉄砲洲にある肥後藩・細川若狭守邸内で、嘉永七年（一八五四）九月十二日、原尹《まさ》胤《たね》の次女として生まれた。尹胤は肥後藩の支藩・新田藩家老で砲術師範役だった。

一方、福沢諭吉は同じ鉄砲洲にある中津藩の奥平大膳大夫の屋敷内に住んでいた時期があった。原家も福沢も砲術という同じ先端の技術を持っていた。また、同じ九州にある藩の藩士だった。よく似た土壌にあり、それなりの交流をしていた。

玉子はいわばお隣さんともいえる福沢諭吉と話もした。歳《とし》は二十ほど違ったが、話す機会は何度かあった。

　優しい目をした気さくな人柄で、海外事情に精通した近寄りがたさはない。あるとき、玉子は岸に立って佃《つくだ》の渡し船をみていた。門のすぐ前が海辺だった。

「海が好きなのだね」

　急に背後から話しかけてきた人物がいた。月代《さかやき》姿の侍だった。

　玉子には見覚えがある。福沢諭吉だった。

「おじさんは海の向こうの国に出かけたのでしょう」

「そうだよ。よく知ってるね」

　福沢は渡米と渡欧を経験したばかりだった。

「おじさんのことは、父上が話してくださいました。向こうの国はここと違うのですか」

「違う。何もかも違う。この国にないものが向こうにはある」

「それは何ですか」

「それは……、一言では無理だ。行ってみるとわかる。すぐわかる。別の世界だ」

　玉子はしばらく考えて、

「でも、すぐには行けません」

　と言った。

「行ってみたいか」

「もちろんです」

　玉子は即答した。

「すぐに行けない人のために、おじさんは本を書こうと思っている。書いたら読んでくれるかい」

「もちろんです、おじさん。いえ、先生」

「おじさんでいいんだよ」

　それからしばらく二人は黙って海を見ていた。

　玉子はいま、佐倉の順天堂に火傷治療に訪れ、母と医者が福沢諭吉を話題にしているのが不思議でもあった。

「そうすると福沢先生の推薦ですか」

　尚中はセキにたずねた。

「先生はいま中津のほうに帰省されていますが、以前に何か病気で困ったことがあったら佐倉に行くといいといわれていました」

　セキは言った。

　このとき福沢はちょうど六年振りに帰郷していた。セキは福沢から以前に教えられたことを今回実行したのである。

「遠いところをわざわざよくいらしてくださいました」

　福沢先生によろしくお伝えくださいと尚中は頭を下げた。

それからセキと玉子は診察室をあとにした。

佐倉順天堂では、「順天堂」と書かれた木札が今日のいわば診察券だった。木札を返却する待合室の窓は少し奇妙な形をしていた。矩形《くけい》に空いた窓の上部だけが丸い形だった。しかも、その位置は畳に座ってはじめて中の係と目が合うひどく低い場所にあった。自然と薬を押しいただく姿勢となる。

セキはその木札を受付係に返して待合室を出た。

「ここに来てよかったですね、母上」

玉子は治療を終えた安堵感から、笑顔で母を見あげて言った。

「本当に。よかった。玉子もよくがんばりましたね」

セキもうなずいた。

「福沢先生のおっしゃる通りでした」

順天堂の黒い冠木門を通るあたりで小雨が降りだしていた。

そのとき急に門から少し離れた屋敷の奥のほうから女性のかけ声が飛んできた。エイッ、ヤーッと鋭い声である。

「母上、あの声は?」

腹の底から吐き出す声は迫力があった。玉子がはじめて耳にする叫び声だった。

「何でしょう」

セキもわからなかった。

門の前を掃除していた若い塾生にたずねた。

「あれは、あばらっ娘《こ》……、いえ、ここのお嬢様が薙刀のお稽古《けいこ》をされている声です」

塾生は含み笑いをしながら答えた。

セキと玉子は声のするほうを見つめてただうなずいていた。

母と子には、その声が佐藤志津という名の女性が発していることなど知る由もなかった。

六

この日、病院宿に帰った玉子とセキは夜の食事に鶏卵を加えるよう帳場に注文した。

「先生がいわれたように体力をつけましょう」

セキは娘に言った。

うなずきながら、玉子は布で巻かれた左手をただ見つめていた。

母親にはそれが痛みに耐えている、しおらしくも、健気《けなげ》な姿に映った。

「先生が大丈夫といっておられましたからね。安心していなさい」

セキは母親らしい配慮を示した。それは混み合った待合室でも不平や泣き言を一切口にしなかった娘へのねぎらいでもあった。

すると、玉子が急に、

「母上がさきほど診察のときに話されていたことが気になっています」

とセキを見つめて言った。

「さて、何でしょう」

治療は順調に終わったはずだった。セキに思いあたるふしはなかった。

「この土地に縁があるとはどういう意味ですか」

玉子は真剣に母を見上げていた。

セキは順天堂の医者に対して、勧める人もいましたし、こちらの土地には縁もありましたので、思いきって佐倉に来ましたと言ったものだった。

「ああ……、あれですか」

わずかな言葉をきき逃さなかったわが子の聡明さにセキは少しおどろいた。幼いころから、文字や数字は一度で覚える子だったし、勘の鋭いところもあった。それがいま示されたような気がした。セキは娘が関心を持ち、わざわざ下総の佐倉に来ているこのときこそ話すにはちょうどよい機会だと思った。

「わが原家の祖先はこの佐倉に縁があるのです」

「祖先……」

「そうです。玉子、あなたの父上、原家の祖先です」

戦国時代までさかのぼると、下総国・千葉氏の一族に原氏がいた。千葉氏も原氏も戦国の世の歴史を経るうち、分家しいくつかの流れができた。玉子の父親、尹胤《まさたね》の流れをたどると、下総国・小弓《おゆみ》城（現・千葉市南生実《おゆみ》町）の城主、友胤《ともたね》に行きつく。

友胤は、永正十四年（一五一七）十月、古河公方《こがくぼう》足利政氏《まさうじ》の子、足利義明《よしあき》との戦いに破れ、甲斐《かい》に逃れて武田家に召し抱えられた。子の虎胤《とらたね》は数々の合戦で豪傑ぶりを発揮し、「鬼美濃」と呼ばれた。原の父子は武田信虎、信玄に仕えたのである。その後、数々の合戦に参戦して原一族も離散、流転を繰り返し、武田家滅亡後は、徳川家康に招かれたのだった。そして、江戸、寛文年間に細川家に八百石で召し抱えられるようになり、幕末期には鉄砲洲の肥後藩邸内に居住したのである。藩主は細川若狭守利永《としなが》で、参勤交代をしない定府大名だった。家老の原尹胤は砲術師範役を務めていた。

「あなたにはこの佐倉に端を発する原一族の血が流れているのです」

セキは原家の変転の歴史をわが子に初めて語り終えた。

「わかりました、母上」

玉子はそう答えながら、祖先が支配していた地にいま立っている不思議を感じた。

現在、千葉市の北西部に原町（旧・原村）がある。その地名は、おそらく千葉氏一族のなかの原氏が居住したことに由来するものと思われる。この原村の北は佐倉に隣接し、歴史的に長く佐倉藩の領分だった。

玉子はいま呼吸しているこの佐倉の地が、遠いとはいえ自分の祖先が住んでいた縁の地かと思うと理屈抜きで親しみをおぼえた。改めて息を大きく吸ってみたい衝動にかられ、口をあけて静かに吸いこんでみた。

母は黙って見つめていた。

「どうですか」

「おいしい……。母上」

気のせいか清々《すがすが》しい気持ちになった。

母はただ微笑《ほほえ》んでいた。

原玉子と佐藤志津は後年、女子の美術学校の経営にからみ接点ができるが、偶然とはいえ、佐倉という土地に縁があった。いずれ深いつながりのできる二つの星が、そのルーツをたどると下総の一画で光を放っていたのである。


「順天堂に来た甲斐がありました」

とセキは言って、言葉を継いだ。

「鉄砲洲から見れば、佐倉はひどく遠いところです。でも、祖先の地かと思うと無理をしてでも来てみたかったのです」

「本当にそう思います。母上」

玉子も応じた。

「順天堂の評判は以前から知っていましたが、治療もさすがでした」

セキは順天堂の噂《うわさ》を信じていた。

「福沢先生のおっしゃる通りでしたね。母上」

「ええ、そうです。ですが、わたしは福沢先生からきく前から知っていましたよ」

「この順天堂をですか」

「ええ、そうです」

玉子には初耳だった。最新の情報に詳しい福沢諭吉からきいたものと思っていた。

「ここの大先生は薬研堀《やげんぼり》で開業されていました」

佐倉順天堂の大先生は、佐藤泰然のことであり、順天堂の初代堂主だった。

泰然は父、藤佐《とうすけ》の跡を継いで旗本、伊奈家の用人を務めていたが、二十七歳のとき医学を志し、さらに蘭方医学を学ぶため三十二歳で長崎に留学した。三年後の天保九年（一八三八）、江戸、両国橋に近い薬研堀（現・中央区東日本橋二丁目）で「和田塾」を開いて、蘭学を教えると同時に外科専門の治療を行なった。和田は母方の姓である。その西洋医学による外科の治療は評判を呼んで患者が集まってきた。

やがて、天保十四年（一八四三）八月、藩政改革に邁進《まいしん》していた藩主・堀田正睦に招かれ佐倉に移った。泰然は〝蘭癖《らんぺき》〟といわれた正睦のもと、魚が水を得たように革命的な最新の外科治療を実施した。ここで初めて「順天堂」という堂号を用いた。中国の種々の古典籍に出てくる。また、中国の年号にもしばしば使われている。「天道《てんどう》に順《したが》う」の意味である。

セキは薬研堀時代の泰然を知っていたのだった。鉄砲洲からそう遠くない場所にあり、隅田川沿いに遡《さかのぼ》れば両国橋の袂《たもと》の近くに和田塾は開業していた。薬研堀まで二十七町（約三キロ）ほどの距離である。

「そうですか、母上はそんなに前から大先生をご存じだったのですね」

玉子はあらためて順天堂とのつながりを思った。

「ええ。でも、薬研堀の先生にまさか玉子のことで、この佐倉に来てお世話になるとは少しも考えていませんでした」

セキの正直な感想だった。できれば、これほどこじらせた火傷でかかわりたくはなかった。しかし、思いがけず原一族の歴史を話せたのはよいきっかけだった。

「明日も先生によく診てもらいましょう」

セキは適切な医療を信じていた。

それから二人は食事までの間、部屋でくつろいだ時間を過ごした。

郵便はがき

料金受取人払郵便

小石川支店承認

1288

差出有効期間
平成23年4月
15日まで
切手をはらずに
お出しください

1 1 2-8 7 3 1

東京都文京区音羽二丁目
十二番二十一号

講談社エディトリアル 行

ご住所	□□□-□□□□	
(フリガナ) お名前		男・女
ご職業	1.会社員 2.会社役員 3.公務員 4.商工自営 5.飲食業 6.農林漁業 7.教職 8.学生 9.自由業 10.主婦 11.その他 (	
お買い上げの書店名	市 区 町	
今後、講談社より各種ご案内などをお送りしてもよろしいでしょうか。 送付をご承諾いただける方は○をおつけください。	承諾する	

TY 000015-0904

愛読者カード

今後の出版企画の参考にいたしたく、ご記入のうえご投函くださいますようお願いいたします。

本のタイトルをお書きください。

a 本書をどこでお知りになりましたか。

1. 新聞広告（朝、読、毎、日経、産経、他）　2. 書店で実物を見て
3. 雑誌（雑誌名　　　　　　　　）　4. 人にすすめられて
5. 書評（媒体名　　　　　　　　）　6. Web
7. その他（　　　　　　　　　　　）

b 本書をご購入いただいた動機をお聞かせください。

c 本書についてのご意見・ご感想をお聞かせください。

d 今後の書籍の出版で、どのような企画をお望みでしょうか。興味のあるテーマや著者についてお聞かせください。

ご協力ありがとうございました。

七

佐藤尚中は、蠟燭《ろうそく》の灯を点《とも》した夜の薬方室に、娘の志津とともに籠《こも》っていた。尚中は軟膏薬を新しく作っていて、志津は和紙を加工していた。

「父上が軟膏を作られているのは珍しいですね」

志津は作業の手を休めて言った。

「ああ、塾生たちはみんな勉強に忙しい。手伝わせては修学の邪魔になるだけだ」

尚中は釜《かま》のなかを長い箆《へら》でかき混ぜながら言った。竈《かまど》の火はかなりの火力で、釜のなかは煮立っていた。

「それに明日来る患者に薬を間にあわせねばならない」

火傷の治療に使う紫雲膏を手作りしているのだった。ゴマ油を煮て、その中に黄蠟《おうろう》（蜂蜜《はちみつ》より作る蠟）、豚脂《とんし》（豚の脂肪）、当帰《とうき》（セリ科の多年草トウキの根）を投じる。さらに、主剤である紫根を入れる。上質の紫雲膏を作るには、火加減と紫根をどう煮るかが鍵だった。長く煮るのは適切ではない。必要以上に煮たてると軟膏は紫色にならず、赤茶けて効き目も落ちる。今日、江戸・鉄砲洲から来た患者に使われていた紫雲膏は明らかに失敗品だった。

尚中はちょうど沸騰した油のなかに紫根を投げ入れた。炊飯釜並のそう大きい釜ではなかったが、それでも釜は音をたてて煮立った。

「父上、この臭いは何とかなりませんか」

ゴマ油が煮えた上に生薬の臭いが混ざりあい、部屋の空気まで油ぎっている。体にしみ込んで取れそうにない臭いが充満していた。

「この臭いが病を治すのだ。我慢しなさい」

尚中は釜をゆっくりとかき混ぜた。

「何の薬ですの」

志津は父親の箆の動きを見つめていた。

「火傷の特効薬だ。志津が薙刀で作ったたこにもよく効く薬でもある」

尚中は半ば冗談を口にしながら箆を回している。

「そうですか。少し分けてもらいましょうか、父上」

志津も冗談に応じながら手のひらを見つめた。薙刀を握る手は厚くなっていた。このところ練習が過ぎるのかもしれない。

尚中はここで急に箆を置き、竈の火も落とした。そして、厚手の布で釜の両端を摑《つか》んで慎重に竈からおろし、あらかじめ用意しておいた布袋のなかに溶液を流しこんだ。

「このまま冷ませば軟膏のできあがりだ」

「自然に漉《こ》すのですね」

袋から下の盥に溶液がしたたり落ちていた。

「自然にまかせて漉す」

尚中は釜を元に戻して言った。

「簡単ですのね」

志津の感想だった。釜で材料を調合する作業は難しそうだったが、仕上げは単純に見えた。

「簡単そうに見えるが時間をかけて漉して冷ますのが大事だ」

尚中はさらに言葉を継いだ。

「これで明日、鉄砲洲の少女に間にあう」

「鉄砲洲……。患者さんは江戸からですか」

「そうだ」

「遠いところからわざわざ」

「十二里の道のりを来てくれた。志津とそう違わない年まわりだ」

「その歳で火傷とはかわいそうに」

「手の火傷をこじらせた。だがこの紫雲膏で治る。痕もおそらくのこらない」

「よかった」

志津は我がことのように感じた。

「父上が熱心に軟膏を作られている理由がわかりました」

「そういう志津も洋紙作りに精が出ているようだな」

尚中は志津の作業机に目をやった。机の上には加工された紙が束になって積まれていた。そのかたわらの床板には、一枚ずつの紙が横に広げられて置かれている。

「洋紙作りも少しは上手になったかもしれません」

志津は遠慮がちに言った。

この時代、紙、特に洋紙は貴重品だった。しかし、蘭学の基本は蘭書の筆写だったので、蘭学を学ぶ者には洋紙は必需品だった。

佐倉順天堂には辞書、理論書、医学書など蘭学にまつわる書籍や講義録が多数備えられていた。だが、その多くはそれぞれ一冊だけの所蔵だった。しかもそうした書籍は日本に一冊しか存在しない稀覯本《きこうほん》もあって貴重この上なかった。

そこで門人たちはこうした書物を写すのである。横文字の蘭書に対し日本式の筆書きはなじまない。インクで洋紙に書いてこその蘭文である。

かくして洋紙は門人たちの必需品となった。だが、ただでさえ生活に苦しい塾生にとって洋紙を入手するのは難しかった。そこで和紙としては粗末な土佐半紙《とさばんし》に手を加えて洋紙にし、ペン用の紙を作ったのである。洋紙がまだ普及していない時代、洋紙作りは蘭学同様、門人たちのいわば必須科目だった。

志津は一枚でも多く洋紙を作って門人たちを手助けしているのだった。

「礬砂《どうさ》引きも少しは馴《な》れました」

志津は加工作業をもう一年近く手伝っている。

膠《にかわ》と明礬の混合液が、「礬砂」だった。この溶液を紙の表面に刷毛《はけ》で塗って滲みを止める作業を「礬砂引き」といった。さらに、乾いてから表面を貝殻でよく磨いて滑らかにする。

「塾監の岡本道庵も感謝していた。それはそうだろう。いくら時間があっても足りない連中だ。やっかいな礬砂引きから解放されれば、その分勉強にまわせる」

勉強にまわさない者もいるようだがと尚中は言った。

「どういう意味ですの、父上」

「いや、いや、これは戯言《ざれごと》だ。きき流してほしい」

塾舎から抜け出して船橋あたりに出向き悪所に出入りしている塾生が何人かいるという噂が耳に届いていた。

「志津は今までどおり、塾生を助けてやってほしい」

「少しでもみなさんのお役にたてればうれしいですわ」

茶道や生け花、礼儀作法などの習い事はもっぱら自分のためだけの行為だが、洋紙作りは人のために役立っているという実感があって、それなりに楽しい作業だった。

そして、蘭書の筆写用のペンとインクも塾生たちの手作りだった。ペンは鵞《が》ペンと呼ばれるもので、太い羽根を剃刀《かみそり》で斜めに削《そ》いで作る。また、インクは蘭化学書に出ていた製造法を参考にして、緑礬《りょくばん》（硫酸鉄の鉱石）と没食子《もっしょくし》（ハチが木につくる特殊なコブ。中近東産）を混ぜあわせて作ったものだった。

「父上が長崎から持ち帰った子安貝《こやすがい》は仕上げに重宝しています」

志津は卵円型をした十センチ弱の子安貝を手にして言った。貝にしてはやや大ぶりで、黒い貝殻の表面は光沢があって、栗《くり》色の斑《まだら》模様が浮き出ている。

「この硬くて円《まる》い表面でこすると紙がなめらかになります」

巻き貝の表面は頃合いの曲がり具合で、紙の表面を磨くにはちょうどよかった。

志津が愛用している子安貝は尚中が留学先の長崎で手に入れた巻き貝だった。江戸や千葉の海では採れない南方系の貝だった。子安貝を持たない塾生たちは磨きをかけるために赤貝を代用させていた。だが、赤貝の表面は筋が放射状に走っているだけで、子安貝のような繊細な仕上がりは望めない。表面がざらついた洋紙しかできなかった。

「そうか、それほど重宝しているなら、もっとたくさん持ち帰ればよかったかな」

「そうですよ。みなさんきっと助かると思います」

志津はそう言って子安貝で礬砂引きした和紙の上をこすって磨いた。

それから、二人はまたそれぞれの作業に専念した。

どれくらい時間が経っただろうか、志津は磬砂引きの手を休めて、

「父上は医者になってよかったと思っていらっしゃいますか」

ときいた。

「どうした、急に」

布袋からしたたり落ちる溶液の具合を見ていた尚中は怪訝《けげん》そうに志津のほうに顔を向けた。

「いえ、いつか父上におききしようと思っていたのです」

ちょうどよい機会かと思いましてと志津は言った。つい先日、塾監の岡本道庵から父親の評判をきいたばかりだった。手術は戦場だというのは尚中先生の口癖ですと尊敬の念を持って話していた。麻酔もなしに手術を的確にこなす父親は、志津にとっては身近な、しかし、大きな憧《あこが》れの的でもあった。

「うむ、そうか……」

尚中は娘の真剣な質問に正しく答えねばならないと思った。だが、あらためて考えると自分がなぜ医者になったかなどとあまり深く考えたためしはなかった。

尚中は文政十年（一八二七）に下総国・小見川《おみがわ》（現・香取市小見川）で、小見川藩医、山口甫《ほ》仙《せん》の次男として生まれた。幼少時、江戸に出て儒学を修め、やがて、十六歳のとき、四谷の医者、安藤文沢《あんどうぶんたく》の門人となった。江戸は漢方医学が主流だったが、文沢は西洋医術を心得ていた。

尚中が入門してさして日も経ないころだった。

文沢宅に血相を変えた男が飛び込んできた。近くで喧嘩《けんか》があって刀で斬られて大怪我《おおけが》をした者がいる、すぐ来てくれという。このとき文沢は不在で尚中は留守番をしていた。そこで尚中は文沢の薬箱と縫い針、糸を持って玄関を出た。

男は、

「文沢先生はどこですか」

とたずねた。

文沢は外出中だと伝えると、

「先生でなくて大丈夫ですか」

と男は心配そうだった。

確かに、尚中は入門したてで、しかも十六歳のいわば若造だった。男も信用できなかったのだろう。

尚中はそれには答えず、怪我人のいる場所まで案内するよう促した。

二人が急いで現場に駆けつけると、怪我人は肩から胸にかけて袈裟《けさ》懸《が》けに斬られて苦しんでいた。斬られた着物は裂け目も鋭く、傷口を押さえている手から血がしたたり落ちていた。見物人は為す術《すべ》もなく、ただ遠巻きに見ているだけだった。

尚中は早速、着物をはだけて用意した焼酎《しょうちゅう》で傷口を洗い流し、布で圧迫した。そうしておいて、素早く縫い針に糸を通すと傷口を一針、一針、丁寧に縫っていった。手際のよい手術だった。麻酔のない時代だから短時間で処置する手術が怪我人の苦痛を和らげた。二十針は通しただろうか、傷口は縫い合わさり出血も止まった。尚中は鋏で糸を切って、最後に布を巻いて治療を終えた。期せずして見物人から安堵のため息がもれた。

この場面をちょうど外出先からの帰りに通りかかった安藤文沢が見ていた。

弟子の落ちついた的確な治療にただただおどろいた。

「これはわたしのところに置いておくには惜しい人材だ。もっと上を目指す場所で修業させたい」

と文沢は考えた。

そして、紹介したのが、江戸・薬研堀で蘭学塾「和田塾」を主宰していた佐藤泰然だったのである。

——あのとき以来かな……。

あのときの四谷の体験が自分を医者にしたのかもしれないと尚中は思った。自信もついた。藩医の子として生まれたから医者になるのが当たり前と漠然と考えていただけだった。だが、四谷の体験が自分を変えた。それまでは意識していなかったが、医者こそ天職ではないかとこのとき、決めたような気がした。

「十六歳のとき、江戸で西洋医学に触れた。その奥の深さと新しさに興味を持った。それが医者を志したはじめだ」

尚中はそんな風に医者になるきっかけを志津に伝えた。四谷の一件は自慢話になるようで娘に話すのは気がひけた。

「そうでしたか」

志津は十六歳の父を思った。十四歳の自分とさして違いはなかった。そうした年回りで父親は人生の道筋をたてていたのだった。

「何を考えている？」

尚中がきいた。

「えっ」

と気づくと、礬砂引きの手は止まったままだった。

父親も作業の手を休めて志津を見つめていた。志津はわずかに狼狽《ろうばい》し、子安貝を持ちなおして礬砂引きを再開した。

「それにしても」

と尚中は志津に語りかけた。

「なぜ急に志津はわたしにそんな疑問を持ったのだ」

「ええ、じつは……」

志津は言いかけて口ごもった。話し始めるには少し勇気のようなものが必要だった。

「じつはわたしも医者になってみたいと思うのです」

志津は続ける。

「わたくしは日々塾生さんたちの務めを目にしています。患者さんの命を救う医者という仕事に惹《ひ》かれるのです」

「そうか……」

尚中は志津の言葉を胸におさめ、どう答えたらよいものか思案した。

この時代、現代とちがって、女の医者などあり得なかった。文政六年（一八二三）に来日した和蘭商館医、シーボルトが遊女とのあいだにもうけた娘、いねが女医となっているが例外中の例外でしかなかった。

自分は医者の子として生まれ医者になった。志津もそういう意味では医者の子として生まれている。だが、女医の存在などあり得ないのが常識である。その女医を自分の職業として考える大胆な発想には感心し、おどろくしかなかった。

――この娘に医者はできるだろう……。

尚中はそう思った。性根は据わっている。

――自分によく似た娘だ。

尚中の日頃からの印象である。目の大きな二重まぶたで、口元は頑固そうに真一文字に閉じられて、眉の形まで自分にそっくりだと思っていた。親子だから似ていて当然ではあるが、あまり似ているので、〝女尚中〟ともいえる。激しい気性も似かよっていた。塾生たちからあばらっ娘と陰口をたたかれて、お転婆と見られているのも当たり前のような気がした。

強引でなければ外科医など務まるものではない。尚中の日常は決断と実行を求められる薄氷を踏む毎日だった。

――この娘にはおそらく外科医が務まるだろう。

だが、志津は何といっても女だ。女が職業を持つ人生は考えられない。医者など誰も認めないだろう。希望は希望として尊重するが、娘が苦労するのを父親としてみすみす座視するわけにはいかない。

「志津の気持ちはわかる。わかるがどうだろう、結論を出すのはまだ先でいいのではないか」

人生経験を積む、それも大事だと尚中は諭しきかせた。

志津は父親に自分の将来への思いをきいてもらったことで安堵していた。

「わかりました。もうしばらく考えさせてもらいます」

一方、志津は父親に言って、再び礬砂引きの作業に取りくんだ。

尚中も紫雲膏の出来具合を確認しはじめた。

「それにしても、志津は薙刀が好きなようだな。朝も、それに昼も庭に出ているではないか」

「ええ、それは、父上。あれほど気分がよくなるものはありません。一日、励んでいても飽きるものではありません」

「一日中か……」

尚中は苦笑しながら首を振った。

「よろしければ、一度父上もお相手願います」

志津は両手を伸ばして薙刀の構えを見せた。

「いやいや、わたしはよいわ」

とあわてて尚中は顔の前で手をふった。

「冗談ですよ、父上」

志津はあまりに生真面目《きまじめ》に応じた父がおかしく思わず吹き出した。

親をからかうものではないと尚中は諫《いさ》めはしたものの、二人はしばらく笑いがとまらなかった。

ところが、この薙刀がからんで、後日、家中を巻き込む大事件が起こるのである。

八

「母上、見てください。あのように咲き誇って……」

玉子は前方の武家屋敷を指さした。

「本当に、見事な桜だこと」

セキはうなずきながら歩を進めた。

病院宿から順天堂に向かう道筋で玉子とセキは満開に咲く桜に出会った。武家屋敷の庭先から築地塀《ついじべい》をこえて枝を広げている。細い枝の先まで花を密集させていた。

火傷の治療で佐倉を訪れて四日が経過していた。連日、順天堂に通い、今日が治療を受ける最終日だった。これまでと違った道を通りたまたまこの桜に会ったのである。

二人はしばらく桜の巨木の下にたたずみ、満開の桜を仰いだ。雲ひとつない青空に桜の花が映えていた。

「鉄砲洲の桜と花の色が少し違うような気がします。それに花びらも大きい」

玉子は見上げながら言った。鉄砲洲の屋敷内にも桜の木が一本植えられていた。今年はまだ五分咲き程度だった。

セキは桜を見上げているわが子を見つめた。真剣な眼差しだった。

その眼差しに促されて、セキも花びらを観察した。

「こちらの桜のほうが色が濃くて、鮮やかですね」

セキが桜の花をそれほど見つめたのはこのときが初めてだった。娘に指摘されるまで花の色や形を観察したためしはなかった。何にでも疑問を持ち、それの答を得たがるのが玉子だった。診察室で治療のあと、火傷した手を上げているほうが楽だときいて、その理由を訊ねていた。

「同じ桜なのに違うものなのですね、母上」

「本当に」

「鉄砲洲は海に近いからでしょうか」

玉子は問いかけた。鉄砲洲の屋敷は江戸湾に直面していて、その浜風は相当強かった。それにくらべ佐倉は内陸の樹木の生い茂った杜《もり》の都だった。

「そうかもしれません。海からの潮風は桜にはよくないのかもしれません」

セキの返事に玉子は小さくうなずいていた。

「玉子はここの桜の木がずいぶん気に入ったようですね」

セキは相変わらず桜を見上げている娘に語りかけた。

「もちろんです、母上。できれば絵に描いてみたいとおもいます」

「それほどまでに気に入りましたか」

「これほど美しい桜ですから、絵にしておけばいつも見られますわ」

玉子は鉄砲洲の藩邸で家老の娘にふさわしい学問や稽古ごとをはじめていた。漢籍の素読《そどく》をはじめ、習字、裁縫、礼儀作法などの習い事に励んでいたが、最近、絵もはじめていた。最初は水墨画を見よう見まねで描いていたが、このところ、色付けする絵にも興味をいだいていた。

「絵具を持ってくればよかったとおもいました」

そう言って惜しがる玉子の言葉に、セキは桜に魅せられた娘の心情と感性をあらためて思った。

去りがたくしている玉子を促し、セキは桜の木の下を離れた。

「今日で治療は終わりですね」

セキは言った。

玉子の左手に巻かれた細い布は痛々しく感じられた。

「まだ痛みますか」

「いえ、母上。よくなっています」

玉子は黙って左手を見つめる。四日間の治療で火傷の表面の凹凸も痛みも確実に治りつつあった。

「お医者さんによってちがうものですね」

江戸の漢方医の治療では少しも治ったという気持ちになれなかった。それが順天堂では的確な治療が実感できた。これほどちがうものかと子どもごころに意外に感じられた。

「もう少し時間がかかるものと思っていました。来た甲斐がありました」

セキは順天堂の医者が言うように火傷の痕が残らず治るような気がした。

それから二人は城下町を順天堂へ向けてゆっくり歩を進めた。

玉子はこの佐倉が先祖と縁がある土地ときいてからというもの、同じ道を歩いても、それまでとは違った風景に映っていた。

――どうしてなのだろう?

なぜ違った風景に見えるのかわからなかった。緑の生い茂った杜の都、そして、桜の美しい町
――それが佐倉だった。

玉子は振り向いてさっき仰ぎ見た桜の巨木に目をやった。

武家屋敷の満開の桜は黙って咲いていた。

——さようなら……。

二度と目にしないような気がして玉子はつぶやいていた。

いつしか二人は『佐倉順天堂』と看板の掛かった冠木門まで来ていた。

「今日は最後ですから、先生にきちんとご挨拶するのですよ」

セキの注意に玉子はうなずいた。

そして、二人は門をくぐって玄関に向かった。

九

志津が稽古用の薙刀を持って表通りの街道筋に出ると、順天堂の冠木門の脇に佇んでいる塾監の岡本道庵に出会った。岡本は何かを遠目で眺めていた。茶筅《ちゃせん》に結んだ髪が春の風に揺れている。

「ここで何をされているのですか」

ひどく真剣に眺めている岡本に志津はごく控え目に話しかけた。

振り向いた岡本は志津を確認すると、

「ああ、あなたでしたか」

と言い、すぐに元の方角に目を移した。

「あそこを行く母子の二人連れをちょっと見送っているのです」

岡本は臼井から船橋に通じる街道筋を進む二人を指さした。母子は網代笠《あじろがさ》をかぶり、手っ甲、脚絆《きゃはん》の旅姿だった。足には鼻緒付きの草鞋《わらじ》を履いていた。

佐倉順天堂は、成田山新勝寺に向かう成田街道に面した四つ角にある。患者が集まるのは、成田参詣の要衝の地に診療所を構えているのも大きな理由のひとつだった。高度な医術の評判が庶民の口から口に伝わって行った。また、治療において、身分や職業などで差別しないのが佐倉順天堂の方針だった。どんな患者でも特別扱いせず、治療費は待合室の看板に掲げて公表していた。こうした平等の精神と料金の開示が全国に知られ、諸国から患者を呼んだのである。

どの患者も平等に扱うのが原則であるにもかかわらず、いま、順天堂の医者が、それも塾監が直々に患者を見送っているのは珍しい光景ではあった。

「尚中先生からたのまれたのです」

岡本は二人連れを目で追いながら言った。

「父が……」

志津は父親と母子に何があったのだろうかと思案した。手術の不手際でなければよいがと懸念した。

「福沢先生からここをきいてたずねてきた患者なのです」

「福沢先生というのは、もしかして福沢諭吉先生のことですか」

「そうです。あの人たちは福沢先生と同じ鉄砲洲に住んでいます」

「えっ、鉄砲洲からの人ですか」

「ご存じでしたか」

おどろいて岡本は志津を見つめた。

「ええ、少し……」

数日前、父の尚中と一緒に薬方室で礬砂引きをして洋紙を作った。あの夜、父は紫雲膏を手作りしていて、患者は鉄砲洲からの少女で、志津とそう違わない年まわりだと話していた。いま、街道を帰る母子はその患者にちがいなかった。

「そうですか。ご存じでしたか」

岡本はまだ見つめていた。

「いえ、知っているといっても、こうして実際に見るのははじめてです」

しかし、見るといっても母子の姿は遥か遠くに離れていた。たとえ振り向いたとしても顔かたちは判然としないだろう。

「火傷をこじらせた少女でしたが尚中先生の治療が功を奏しました」

岡本は言った。

「道庵先生は？」

「わたしも診ました。高和東之助、長谷川泰も」

「あの二人も」

「ええ、難しい症例には必ずといっていいほど尚中先生は二人を呼びます」

「そうでしたか」

いわば順天堂あげての治療が少女を救ったようだった。

「あの患者さんは紫雲膏を持ち帰りました。それがなくなる頃には、痕ものこらずおおかた治っているでしょう」

岡本は見通しを語った。

そうしているうちにも、母子の二人連れは次第に小さくなって行った。やがて二人は矩形に剪《せん》定《てい》された槙《まき》の生け垣の続く屋敷にさしかかった。

ここで母子は振り向いて岡本のほうに丁寧にお辞儀した。

岡本は手を振りお辞儀を返した。

――お大事に……。

志津も無事を祈ってお辞儀した。

そして、母子の姿は街道筋を右に曲がって消えた。

後ろ姿を見送ったあとも、志津と岡本はしばらく佇んだまま、母子の消えた生け垣のあたりを眺めていた。

やがて、

「今日も薙刀の稽古ですか」

と岡本がきいた。

「ええ、稽古です」

志津は稽古用の薙刀をおさめた長い布袋を握り直した。

「熱心ですね」

岡本は薙刀を眺めわたしている。

「これほど楽しい稽古はありませんわ」

「演武場に？」

「ええ、これから出かけます」

志津は藩校・成徳書院の演武場にほぼ毎日のように通っていた。槍術所《そうじゅつしょ》で特別に先生について穴沢流の薙刀を習っていた。

成徳書院において武道の錬磨の場といえるのが演武場だった。

──常に文道武芸を心掛けるべし。

藩主・堀田正睦の掲げた改革の根本だった。また、家禄の増減に影響する「一術免許の制」の方針もあって、門構えも立派な武道場が学問所とは別に隣接して建てられていた。

堀田正睦は武芸による士風の横溢《おういつ》をのぞみ、他流試合を積極的に奨励した。公《おおやけ》に他流試合ができる場とあって佐倉には日本全国から武芸者が訪れるようになった。ますます佐倉で武芸が盛んとなった。こうした武者修行者のための宿屋は新町の油屋と決められていた。

この演武場を訪れた人物の一人に、長州の志士、桂小五郎（のちの木戸孝允《たかよし》。一八三三～七七）がいる。長州の巨頭として幕末・維新期に政府の要職を占め、日本を牽引した政治家である。かれは安政五年（一八五八）、七月十一日に同僚、山尾庸三《やまおようぞう》とともに他流試合に臨んでいる。山尾はのちに伊藤博文、井上馨《かおる》らとともにイギリスに秘密留学した五名のうちの一人である。

このころ桂小五郎は江戸の練兵館で神道無念流の免許皆伝を得て、塾頭を務めていた。道場の塾頭ではほかに、士学館の武市半平太《たけちはんぺいた》（瑞山《ずいざん》）、千葉道場の坂本龍馬がいた。桂小五郎はいわば、〝江戸三大剣豪〟の一人だった。

その二十五歳の剣豪が成徳書院・演武場の板の間で剣を交えた。

油屋に残された宿帳によれば、試合をした翌日には佐倉を発っている。他流試合の結果については記録はない。

それにしても、桂小五郎はなぜわざわざ佐倉を訪ねたのだろうか。

かれは剣術に精進する一方、手塚律蔵《てづかりつぞう》から英語を習っていた。手塚は長州出身ながら江戸で佐倉藩に仕え、塾を開いて蘭学と英学を教えていた。桂小五郎には英学も佐倉藩も気になる存在だったにちがいない。

のちにこの手塚律蔵は伊藤博文、井上馨らに襲われ命を落とすところを危機一髪で助かり、佐倉に逃亡。藩の庇護のもと、変名を用いて英学を教えた。ここに蘭学を越えて佐倉に英学が芽生えたのである。

桂小五郎はおのれの剣術の腕を披瀝《ひれき》したり、単なる武者修行だけのために佐倉に来たとは思われない。敵情視察が目的だったと考えられる。

このとき、佐倉藩は日本国内において最も微妙な立場に置かれている特異な藩だった。ときの老中、佐倉藩主・堀田正睦が、六月二十三日に、その老中職を罷免されたばかりだった。堀田正睦は開明派の大名として、また、老中兼外国事務総裁として、前年の安政四年からアメリカの総領事、ハリスと通商条約交渉にあたっていた。そして、条約案をまとめ、勅許が必要という幕府の命令で京都に赴き朝廷を説得した。だが、天皇は条約の締結を許可せず、上京は徒労に終わった。やむなく江戸に帰った失意の堀田正睦を待っていたのは老中の罷免である。

桂小五郎は罷免のほぼ半月後に佐倉に来ている。尊皇攘夷の急先鋒だった長州にとって佐倉藩の動向と藩内の様子は気がかりだったに違いない。一長州藩士として佐倉を見れば、藩主から藩士まで開国の危険思想に毒されていた。かれは他流試合に事寄せ密かに藩内を内偵したのである。江戸に戻った桂小五郎は、この年の十月に長州に帰国し、吉田松陰の影響をうけて本格的に志士としての行動を起こす。

どこに密偵が潜んでいるかしれないのが、このころの佐倉だった。実際、水戸の攘夷派が潜伏して藩内を探っていた。この状況は年月を経た元治年間でも変わっていなかった。

外出しようとする志津を見かけると、尚中は、

「不逞《ふてい》の輩《やから》が徘徊《はいかい》している。気をつけるように」

と常々注意していた。

「大丈夫です、父上。襲われたらこれで対応します」

と薙刀を構えたものだった。

いま、志津は桂小五郎が他流試合をした演武場に向かおうとしていた。

「行ってまいります」

志津は岡本に言って、薙刀の柄《つか》を握った。

「気をつけて」

一礼して岡本は見送る。

志津は長身の身をひるがえして演武場への道を歩みはじめた。お下げにした髪が左右に振れていた。

十

遠くで女の叫ぶ声がきこえてきた。佐倉順天堂は診療も終わり掃除も済んで塾生たちも宿舎に

引きとる夕刻の時間だった。

志津は自分の部屋で書見台にのせた漢籍を読みふけっていた。

「きゃーーっ！」

声は叫んでいた。

叫び声は順天堂に隣接する志津のいる佐藤家の邸宅の一室からのようだった。

咄嗟《とっさ》に志津は立ち上がり、鴨居《かもい》に置いた愛用の薙刀『撫子丸《なでしこまる》』を握りしめ、蒔絵《まきえ》のついた鞘《さや》をはらった。刃《やいば》が冷たく光っている。

そして、声のしたほうに廊下を走る。着物の裾《すそ》がからんでもどかしく、小走りするのが精一杯だった。

庭に面した奥座敷で奉公間もない年若い女中が床の間を背にして賊と向かい合っていた。畳の上は水盤と生け花が散乱して水びたしになっている。賊は黒装束の大柄な男で右手に短刀を握っていた。

志津はやおら薙刀を構えて、

「くせ者！」

と座敷の中央に割って入り、賊に向かって切っ先を突き出した。賊は突然の闖入者《ちんにゅうしゃ》にあわてながらも短刀で薙刀を払った。金属のぶつかり合う鋭い音が部屋にこだました。

「やーーっ！」

志津は賊の足元を目がけて横に払った。

ひるんだ賊は後ずさりしながら庭先におりた。

「待てっ！」

志津も庭に飛びおりた。

賊は転がるように庭に出たが、体勢をたて直し、中腰で不気味に光る短刀を構えて志津の隙を窺《うかが》った。

「志津、危ない。やめろ」

いつの間にか駆けつけた尚中は部屋から呼びかけたが、志津の耳には届かなかった。

志津は左半身で中段の構えから足を送って距離を縮め、次の瞬間、薙刀を頭上に振りあげて、気合もろとも素早くおろした。賊は刀身をよけるのが精一杯だったが、振りおろした薙刀が下を向き地面に近いのを見ると、体を反転させながら短刀を水平に斬りこんだ。反撃の刃が志津の眼前に突き出される。それから賊は我武者羅《がむしゃら》に短刀を振り回した。

志津は思わぬ反撃にあいながらも、継ぎ足で敏速に後退して間合いをとった。

「志津、危ない。やめろ」

ふたたび尚中が叫びながら裸足《はだし》で庭におりた。

次の瞬間、

「やーーっ」

志津の薙刀が半月に弧を描いた。

その刃先が賊の右手を襲った。

「わあっ」

賊は短刀を落とすと、尻餅《しりもち》をつきながらも庭を走り抜け、庭木に足をかけて板塀に乗った。身軽な動きだった。

「待て！」

志津も塀まで追う。

「志津、そこまでだ」

尚中が志津の腕を押さえた。

賊は板塀から飛びおり逃げて行った。

「あの者は怪我を負っている」

言いながら尚中は庭に落ちている短刀と何か木の切れはしのような物を拾った。

「これを見ろ」

と尚中は手にした物を示した。

「指……」

志津は尚中の手のひらの物を見つめた。

「指ですか」

目を凝らして確かめてから志津はきいた。切断された指に違いなかった。

「あの者の指だ」

尚中の手のひらに血に染まった三本の指がのっていた。中指から小指にかけての切断された指だった。

「指を……」

いつ斬り落としたか志津は記憶になかった。

「いずれ治療にくる」

尚中は言った。

「怪我はありませんか」

振り向いて志津は女中にきいた。

女中は胸の前で両手を組んだまま震えていたが黙ってうなずいた。

「志津こそ、怪我はないか」

わが娘の全身を尚中は眺めわたした。

「わたしは大丈夫です。父上」

答えながら志津は自分の息が荒くなっているのに初めて気づいた。

「大丈夫ではない」

ここを見ろと尚中は志津の袂《たもと》を掴んだ。右の小袖の袂が大きく斬られて垂れ下がっていた。

無我夢中で賊と戦っているうちに斬られたのだろう。あと少し短刀がのびていれば脇腹に届いたかもしれない。危なかった。

それでも、志津は、

「稽古袴《けいこばかま》を着ていたら逃がしはしませんものを」

と賊の逃げた板塀のほうを悔しそうに睨《にら》みつけていた。稽古では袴をはき白い鉢巻きを締め、紫色の襷《たすき》をかける。

「志津……」

尚中は志津の横顔を見つめた。

——何と気丈な娘か。

下手をすれば命を落としかねない真剣を交えた戦いだった。それをまだ賊を捕まえられなかったと残念がっている。尚中はわが子ながら、その男まさりの度胸に感心するしかなかった。これなら平気で外科医にもなれるだろうと思った。

尚中の予想通り、賊は出血が止まらず一時もたたないうちに治療に訪れた。神妙にしている賊に尚中は治療を施した。

「その方、どこの浪士だ」

尚中は指の切断口を石灰水で洗いながらきいた。

「浪士？」

賊は怪訝そうに尚中を見上げた。桂小五郎の出没に見るまでもなく攘夷派の浪士たちが跋扈《ばっこ》しているのが佐倉だった。初代堂主、泰然が横浜に移住して外国人と交流しているのに抗議して、順天堂の門前に押しかけてくる浪士もあとを絶たなかった。そのつど対応するのが塾監としての岡本道庵の煩わしい仕事のひとつになっていた。

「水戸か、それとも長州か」

「いえ、いえ」

賊は首を激しく振って否定した。元は上方方面の下級武士だったが、江戸でも生活できずに佐倉に流れてきた無職者という。背景はなく、空腹に耐えられずに押し入った物盗りだった。

尚中は痛がる賊を諌めながら、指三本の切断口を針と糸で縫合。次いで、布を巻いて圧迫止血の治療を施した。

「この指をどうする」

治療を終えて、尚中は小盆に置いた切断された指三本を示した。

「いえ、それは」

先生にお任せしますと賊は肩をすぼめながら目をそむけた。

このあと、男を番所に引き渡した。

十一

ところが、この志津の賊退治の件はこのままでは終わらなかった。

盗賊を捕まえたとはいえ、藩内で刃傷沙汰《にんじょうざた》を起こした。事件は番所から藩の中枢に伝わるだろうから、奉行所からの咎《とが》めがあるかもしれない。

そこで尚中は藩主・正睦に許し願いを提出した。尚中にすれば城にも出入りし、正睦の奥医師も務めている立場であったが、刃傷事件となると話は別になった。許し願いは娘の起こした不始末に対する、いわば進退伺いだった。

数日後、藩主じきじきの呼出し状が届いた。松山御殿に志津も同道せよとの指示だった。

「父上、わたしも行くのですか」

志津は事件の当事者とはいえ、十四歳の自分が出かける理由が分からなかった。

「うむ、そうなんだ……」

尚中も不得要領だった。なぜ娘も一緒なのか。それと事件後、尚中は別の用事で藩主に会っている。呼出しの内容について話す機会はいくらもあった。なにゆえ話さなかったのか不思議ではあった。規則通りに事を運ぶという目的しか考えられなかった。すると咎めは重い処罰が想定された。

　この時期――元治元年（一八六四）、堀田正睦は佐倉に蟄居《ちっきょ》を余儀なくされていた。安政六年（一八五九）に隠居を命じられた堀田正睦は七歳九ヵ月の子、正倫《まさとも》に家督を譲った。幕府が安政の大獄や桜田門外の変などを経てから朝廷の命のままに攘夷を実行すると、文久二年（一八六二）開国派の筆頭だった正睦に蟄居の処罰を加えた。

　江戸で謹慎していたものの正睦は体調を崩し、やがて佐倉への帰国を許可された。そこで急遽、建設されたのが松山御殿だった。

　佐倉城三ノ丸御殿の敷地内に邸宅が完成し、文久四年（一八六四）二月十八日に引っ越した。尚中と志津が呼び出しを受けたのは正睦が松山御殿に引き移ってまださして日を経ていない時期だった。

　志津と尚中は早々に松山御殿に出向いた。

「何をいわれても、ただ、はいといって胸におさめるのだぞ」

　尚中は志津に強く釘《くぎ》を刺した。

　志津は城内に入るのも初めてなら、元藩主に会うのも初めてである。

　通された座敷は四十畳はあるだろうか、大広間だった。金張りの襖《ふすま》、黒光りした床の間、極彩色の格天井など志津はただ目を見張るばかりだった。

「あまりきょろきょろするものでない」

尚中は注意した。

「父上、わたしたちにどんなお達しがあるのでしょうか」

志津はきらびやかな御殿に目をうばわれつつも何を言われるか不安を覚えてきた。

「わからない」

尚中も緊張していた。順天堂に累《るい》が及ぶ事態も想定していた。尚中は手のひらに汗を感じた。

やがて、

「御成りーーっ」

の声が奥でかかった。

尚中と志津は頭を下げた。

堀田正睦があらわれて床の間の前の一段高い位置に座った。

「面《おもて》をあげよ」

堀田正睦が声をかけた。

志津ははじめて藩主と向かい合った。色白のふっくらした頬をしていて、眼はやさしそうだった。

――この人が……。

この人が佐倉藩を立てなおし、また、老中首座としてこの国の政治をあずかったのだと志津は藩主を見つめながら胸にとどめた。

「そのほうが志津か」

堀田は手にした扇子で志津を指し示した。

「さようでございます」

お辞儀をしながら答えた。

「薙刀で賊を退治したというではないか」

「はい、年若い女中が危険におちいっていましたゆえ、無我夢中で対しました」

「ほう」

堀田はうなずき、

「志津はいくつだ」

ときいた。

「十四歳でございます」

「十四か……。なかなか頼もしい十四歳だ」

堀田は満足そうだった。

「のう、尚中」

と尚中のほうに顔を向けた。

「は、はい」

尚中はどう答えていいものか迷いながらも藩主に同意した。

「刃物を持った賊に敢然と立ち向かうとは、これは女侍《おんなさむらい》だ。見上げた武士道である」

堀田は言った。

「しかし、相手を傷つけてしまいました」

尚中は恐縮していた。指を三本落としたのはもう元にもどらない。御法度の刃傷沙汰を起こしてしまった。

「傷つけた？　しかし、相手は刃物をもっている。立ち向かわねば女中も娘も命を取られたかもしれない」

そうではないかと堀田は尚中に同意を求めた。

「さようです」

尚中は迷いつつも同調した。

「そのほうの勇気をたたえたい」

堀田はふたたび扇子で志津を指し示した。　志津と尚中は期せずして同時に頭を下げた。

「そこで頼みがある」

脇息《きょうそく》を引き寄せ堀田は上体を乗りだした。

「今日、こうしてここに出向いてもらったのも頼みがあったからだ」

「どうぞ、何なりと」

尚中は両手をつき藩主を見つめたまま応じた。

このとき志津は安堵していた。もしかすると、父親が謹慎や隠居命令を受けるかもしれないと恐れたが杞憂《きゆう》に終わりそうな雲行きだった。

「お松の相手をしてほしいのだ」

堀田は言った。

「松姫様の？」

堀田の末の娘だった。

「そうだ、志津の女武士道を見込んでの頼みだ。世事一般、習い事、稽古事をお松と一緒に学んでほしいのだ」

この申し出に尚中は志津のほうに顔を向け、目で問いかけた。

志津は黙ってうなずいた。

「ありがたく、務めさせていただきます」

尚中は答えた。

「志津はどうなのだ」

堀田は柔和な眼差しを向けていた。

「わたくしでよろしければ、ありがたく務めさせていただきます」

「そうか、そうか。いいのだな」

「もちろんでございます」

「よろしく頼みますよ」

正睦は念を押した。

「承知いたしました」

と志津は深く頭を下げた。下げながら、藩主なのになにゆえそのように下手に出るのかわからなかった。命令すれば事足りるのではないかと思えた。

「お松をこちらに」

と正睦は奥に声をかけた。

ほどなく、松姫が老女に伴われて部屋に入ってきた。桜をあしらった赤い振り袖に、髪は桃割《ももわれ》に結って銀の簪《かんざし》を挿していた。小柄で細身だった。

正睦が松姫と志津を引き合わせて、二人はお互いに挨拶を交わした。

松姫は志津より三歳下だった。

――十一歳か……。

志津は松姫のまだあどけない表情のなかにも上品な物腰を見ていた。これが大名の娘というものかと思っていた。

堀田正睦の長子は正倫で、志津と同じ年に生まれている。その妹が松姫で名前は千勢《ちせ》といった。

正睦の命により、志津は翌日から松姫と一緒に女子の稽古事を共にすることになった。志津の新しい生活が始まったのである。

十二

「痛っ」

母のさだが小さな叫び声をあげた。

「母上、大丈夫ですか」

志津は書見台から顔をあげてきいた。

針仕事をしているさだは針で指を突いたらしく左の人差し指を見つめている。

「大丈夫ですよ」

血は出ていませんと応じた。

「母上のように裁縫上手な方でも指を突くのですから、わたしが突いても仕方ありませんね」

志津は笑って言った。

「そんなに突くのですか」

「ええ、しょっちゅう」

と志津は自分の左手の指の先を見つめた。針の痕がいくつか残っている。母のように器用ではないと常々思っていた。だが、母親から裁縫や料理、生け花などを習っていたのでこのたびの松姫の相手もそう苦労はなかった。

「千勢様とはどうですか」

さだは再び裁縫を始めてきいた。

志津が御殿に上がるようになって数日が経っていた。

「今日はお茶を習ったあと、乗馬をご一緒しました」

松姫は乗馬好きで身軽にまたがって馬を駆った。

「お姫様が馬を」

さだはおどろいてききかえした。この時代、相当活発でなければ女が馬を駆ったりしなかった。

「堀田様も元気づけにはよいとすすめておられるようです」

「お姫様というのは城のなかでそんなことをされているのですね」

「わたしも乗りました」

「えっ、志津も馬に乗ったのですか」

さだはさっきよりおどろいていた。

「ええ、乗りました」

「大丈夫ですか。落ちないよう気をつけてください」

「そこです、母上。馬は人を見て落とそうとするのです」

「危ないですね」

「ほんとうに油断できませんわ。何度か落とされそうになりました」

「志津、それは危ないわ」

　さだは心配する。

「手綱《たづな》を強く引き、たてがみも摑むのです。隙《すき》を見せてはなりません。そうすれば落とされませんし、馬もおとなしくなります」

　松姫様に教えてもらいましたと志津は言った。

　習い事で部屋に閉じ籠っているとつい気分は沈んでくる。屋外で興じる乗馬は解放感が味わえありがたかった。城内の広い馬場で馬に乗るのは爽快でもある。

「乗馬は楽しいのですが、でも」

　と志津は言いよどんだ。

「なんですか。まだ危ないことがあるのですか」

　さだが針を止めて顔をあげる。

「少しお尻が痛くなるのが困ります」

「そんなことでしたか。針で刺すのとどちらが困りますか」

「それは……」

　志津はしばらく考えて、

「針です」

と答えると、さだは含み笑いをもらした。

「今日は松姫様と薙刀の練習もしました」

松姫の希望だった。松姫は薙刀を初めて握った。

「何でもしたがるお姫様ですね」

「わたしの十一歳のときと同じです、母上」

「それは、お転婆ということですよ」

すかさずさだは言った。志津のあばらっ娘ぶりは順天堂でよく知られている。

「松姫様も馬同様、油断できません」

「どういうことですか」

「刀を振り回し、いきなり打ちこんでくるのです」

松姫は勝気で負けず嫌いのところがあって一方的に攻めてきた。動作は機敏で、薙刀の筋もよかった。

「ここを打たれました」

志津は額を指さした。

さだは心配そうに額を見つめた。

「鉢巻きをしていましたから怪我はしません。油断も隙もないお姫様です。針で刺すより痛い思いをしました」

母を安心させるために笑って話したものの、練習用の刀とはいえ打たれたときには痛みが全身を走った。手加減はできない相手だった。

「それにしても」

と志津は少しあらたまって母と向きあった。

「このたびはわたしの刃傷事件のために、父上、母上にはご迷惑をかけました。熱心に御殿で務めて報いたいと思います」

と松姫に仕える心持ちを伝えた。

すると、さだも志津のほうに体を向けた。

「志津は子どものころから迷惑をかける子ではありませんでしたよ。かえって、わたしたち親のほうが迷惑をかけて淋しい思いをさせてしまいました」

志津はいま両親と一緒に暮らしているが、これはむしろ例外だった。これまで育った環境では親と離れて生活している時期のほうが長かった。

志津は嘉永四年（一八五一）五月十一日に、父尚中、母さだの長女として茨城県麻生町《あそう》（現・行方市《なめがた》）で生まれた。さだの実家である。その後、さだの本家筋にあたる潮来《いたこ》の北城《きたしろ》家に移り四歳まで過ごした。

その頃、父の尚中は佐倉順天堂にあり、優れた外科医として頭角をあらわしていた。

師匠の泰然が天保十四年（一八四三）に佐倉に移住するに及んで同行してきた経緯がある。

それから十年を経た嘉永六年（一八五三）のある日、尚中は泰然から、

「どうだ、この先も順天堂をもりたててもらえないか」

と佐藤家の養子に入るよう依頼された。

尚中は突然の申し出にただただおどろいた。二十七歳の外科医としておのれの腕には自信のようなものを持てるようになったが、佐倉順天堂を切り盛りするとなると話は別である。第一、泰然には実子で優秀な医者になった良順がいるではないか。

尚中がその点に触れると、

「なに、良順はすでに松本家に養子に出している。そこで立派にやってもらいたい」

と良順を呼びもどす気はまったくなかった。

「董《ただす》さんがいるではありませんか」

良順の下に実の弟がいた。

「あれはまだ幼い」

四歳だった。泰然は尚中に佐倉順天堂を継がせるべく白羽の矢を立てていて、変更する気は微《み》塵《じん》もない様子だった。

「しかし、わたしはすでに結婚して、しかも志津という娘すらいますので」

尚中はひたすら辞退した。堂主の任は重責以外の何物でもない。

「かまうものか。佐藤家に人間が三人増える。めでたいではないか」

泰然はさらに続けて、

「娘さんはたしか三歳だったな。菫の遊び相手にはちょうどうってつけだ」

とますます乗り気だった。

菫は後に幕府の奥医師、林洞海《はやしどうかい》の養子となり、初代英国大使、外務大臣、逓信大臣などを務めた人物である。

尚中は泰然の強引ともいえる養子の話に、感謝しつつも戸惑うばかりだった。

「この話はわたしの一存では決めかねます。実家に帰っている妻に相談させていただきたいと存じます」

たとえ佐倉順天堂を引き受けるにしろ、妻、さだの協力なしには重責はこなせないと思えた。それに、少し考える時間も欲しかった。人生の岐路を感じた。

「よい知らせを待っている」

泰然の期待はふくらんでいたようだった。

十三

早速、尚中はさだと志津が暮らす茨城・潮来の北城家に手紙を送った。

返事はすぐに届いた。

「ありがたいお話です。お引き受けして、ご自分を磨かれたらどうでしょう」

さだは何の迷いもなく夫婦養子を認めていた。

尚中はさだの大きさに触れたような気がした。尚中とさだは従兄妹《いとこ》同士だった。さだは造り酒屋の次女として生まれ、不自由のない生活のなかで女子に求められる教養を身につけていた。性格は明るく大胆で、しかも道理からはずれていなかった。

尚中も決断し、ただちに養子を承諾する旨を泰然に伝えた。

「そうか。それはよかった」

わたしも安心だと泰然は満足そうだった。

佐倉順天堂の道を隔てた地に新たな用地を確保し、診療の充実をはかる計画は着々と進んでいた。跡継ぎが確保されれば医院は継承され、不安は一掃される。

泰然のこの養子取りの方法は、佐藤家の戦略のひとつとなった。実の子どもは養子に出して、家のほうは佐倉順天堂の門人のなかから優秀な人物を選抜して「佐藤家」を継がせるという方式である。名門の上に胡座《あぐら》をかいていては、子どもは環境のなかに埋没しがちで、ひいては佐藤家の衰退につながる。それを防ぐために、実子は他家に渡して雄飛させ、家のほうは婿を取って腕を発揮させるのである。内も外も繁栄する。

だが、泰然の目論見《もくろみ》も一時は頓挫《とんざ》した。家督を譲ったのも束の間、尚中が長崎留学を願い出たのである。せっかく佐倉順天堂の発展を期して新用地も確保し、建物も新築したのに堂主が不在となる危うい状況に陥る。また、留学には多額の費用もかかる。

「ここ順天堂で十分で、長崎において学ぶ医術はない」

というのが泰然の主張だった。

だが尚中は養父の大反対を押しきって万延元年（一八六〇）長崎に留学した。尚中が佐倉を留守にした一年半の間、泰然は順天堂の経営に苦労した。以来、泰然と尚中は微妙な気まずい関係に終始した。

この尚中の長崎留学前後、養家に遠慮した尚中の一存で志津は水戸の大叔母《おおおば》のもとにあずけられた。結局、九歳から十二歳まで親元を離れて過ごした。

幼少時から父親と離れ離れで育ったのが志津だった。十四歳の今、平穏に両親のもとで過ごしている。

さだは母親として、親の事情で子どもを親戚にあずけた身勝手を悔いていた。

そこでさだは、わたしたち親のほうが迷惑をかけた、と言ったのだった。

「でも母上、わたしは潮来や水戸で多くのことを学びましたので思い出深いものがあります」

志津は言った。生け花やお茶をはじめ、三味線、薙刀、和歌、礼儀作法を習った。

「水戸では藍染めも教えてもらい、楽しく手伝いました」

大叔母のしげは染物屋の家で育っていて、嫁いでからも藍染めに親しんでいた。志津も染め物に興味を持った。

「そういってもらえればわたしも少しは気が楽になります」

さだは神妙だった。少しきびしく躾《しつ》けすぎたと反省していたので、わが子から楽しい思い出だと言ってもらえれば、実際、重い気分が解消された。そして、今、松姫の相手で御殿勤めに励んでいる。

「御殿ではくれぐれも怪我などないように、松姫様とご一緒してください」

「わかりました、母上」

志津は感謝の念をこめて返事した。

「その髪馴れましたか」

さだはきいた。御殿に上がるようになって、志津も桃割に結っている。

「ええ、馴れました、母上」

それまでのお下げの自由さや快適さはなかったが、髷《まげ》を結うと大人になった気分でいつもの風景も違って見えた。

翌日も志津は松山御殿に出かけた。

十四

その朝、志津は不穏な空気を感じた。

朝方のこれから順天堂の診察が始まろうとしている時間にもかかわらず活気がなかった。ふつうなら一日の始まりで動きがあるはずなのに時間が停止しているように感じる。塾生が掃除をする竹ぼうきの音さえも妙に静かだった。昨日まで降り続いた雨がやみ蒸し暑い空気が体にまとわりついてくるのも違和感を助長した。

気づいてみると今日は父の尚中もいない。

——一体どうしたのだろう？

志津は医師の控室に向かった。塾監の岡本道庵が一人診察の準備をしていた。

「岡本さん、今朝は順天堂の様子が変です。何かあったのですか」

志津はたずねる。

「あの……、尚中先生から何も？」

戸惑いながら岡本が逆にききかえした。

「いえ、きいていません」

重大な異変があったように感じた志津の予想は当たったようだった。

「正睦公が亡くなりました」

岡本道庵は声を落として言った。

「えっ」

と声をあげたがあとが続かなかった。耳を疑い何かの間違いではないかと思った。しばらくして問いかえした。

「正睦公がですか……」

志津は岡本の目の奥を見つめた。岡本も目の中でうなずくばかりで言葉はなかった。

——正睦公が亡くなった……。

信じられなかった。

そういえば、ここ三、四日前から、義理の祖父の泰然が横浜から出てきて滞在している。藩主の治療のためだったのだろう。

志津は連日松姫に会っていたものの、松姫の様子からは藩主の病状はうかがわれなかった。よほど急に悪化したに違いなかった。

志津が堀田正睦に松山御殿で初めて会ってから十日ほどしか経過していなかった。

堀田自身が松山御殿に引き移ってさして日を経ていない時期だった。新しい木材の匂いが御殿内にただよってもいた。

堀田は柔和な眼差しだった。あのとき、娘を頼むとひどく念を押していた。

正睦の念の押し方を不思議に感じたが、先行き短いみずからの命を察知していたのかもしれない。

元治元年（一八六四）三月二十一日、子の下刻（午前〇時台）に死亡した。享年、五十五。脚気《かっけ》だった。病状はこれまで一進一退を続けてきたが急に衝心《しょうしん》を起こして心臓が停止したのだった。

ここに開明派の大名としてアメリカとの通商条約交渉の重責を担った老中は、この世を去ったのだった。蟄居中の死亡ゆえ、葬儀は近親者だけで取りおこなわれた。静かな密葬だった。

四月五日になってようやく藩内に喪が発せられ、四月十八日に佐倉甚大寺に葬られた。

正睦は和歌好きを知られている。

「行き暮るる我をあはれとおもへばや
　麓《ふもと》の方《かた》に呼子鳥《よぶこどり》なく」

「うちむれてもゆる蛍の影見れば
　はらはぬ庭のかひもありけり」

悲運の身の上を詠《よ》んでいる。

死後、五十一年経った大正四年十一月、大正天皇の即位大典にあたり、従三位を贈られた。開国の功労を追賞されたのである。

正睦の死を知った日から数日間、志津は喪に服するため松山御殿行きを休ませてもらった。

志津が松姫の相手をして数ヵ月が過ぎた。

松山御殿との往復が志津の生活の基本だった。始めは馴れない御殿勤めで窮屈な思いもしたが、活発な松姫とは気も合ってともに学ぶのが楽しくもあった。さらに、松姫と御一緒する時間を自分を磨く場とする積極的な意識も高まっていた。

そうしたある日――、佐藤家の一人に藩命が出された。志津とは三歳ちがいの弟、百太郎に対し、横浜で英語と西洋の教養を身につけよとの命令だった。

横浜にはすでに祖父、泰然と叔父、林董が弁天町に一戸を構えて住んでいた。泰然の五男、董は横浜に移住したとき、幕府の奥医師・林洞海の養子になっている。

董は医師で宣教師のアメリカ人、ジェイムス・C・ヘボンのもとで英語を習っていた。

今日、ヘボンは初の和英・英和辞典を完成し、ヘボン式ローマ字の創始者として知られている。

百太郎は祖父の家で暮らしながら、董同様、ヘボンのもとで英語を身につけることになった。

明日横浜に発つという夜、志津は百太郎に語りかけた。

「体に気をつけて、よく学ぶのですよ」

志津は姉らしい配慮を示した。

「お姉さんも体には気をつけてください」

百太郎が応じた。

志津は百太郎を前にすると、どこかよく似た風貌の浅井忠とつい比べてしまうところがあった。浅井は江戸からの引き上げ者のための学校である将門学校がようやくできあがり、そちらに通うようになっていた。相変わらず黒沼槐山から日本画を習い、一方で順天堂の塾生のために解剖図を模写していた。

「姉上にはこれまで本当にお世話になりました」

「何を急にあらたまって」

十一歳の弟が初めて見せた態度に志津は少し戸惑うと同時に感心した。人は旅立ちのときに成長するものなのかもしれない。

「ぼくがこの歳まで淋しい思いをしなかったのは姉上のおかげです」

考えてみれば、志津が佐倉を離れているときも、百太郎は母に連れられてときおり訪ねてきていた。長期に滞在したときもあり、志津こそ弟に救われている。

「ぼくは明日横浜に発ちますが、思いだされるのは水戸での体験です」

「水戸で？　何があったかしら」

志津は薙刀や習い事に明け暮れていた記憶しかない。

「布地を一緒に染めました」

大叔母の家でたびたび藍染めを手伝ったものだった。

「ぼくは姉上のように上手にできませんでしたので、くやしい思いをしていました」

いまではそれもなつかしい思い出ですと百太郎は言った。

「あら、それは気がつかなかったわ」

「その藍染めで姉上が口にした忘れられない言葉があります」

「何かしら」

「姉上は藍に付いた糊が落ちた後、模様がくっきりと浮かびあがったとき、いいました」

ひと呼吸置いて百太郎は続けた。

「見事だわ。人もこのように変わると面白い、と」

「そんなこと、いったかしら」

「いいましたよ、姉上。ぼくは一生忘れません」

確かに藍染めの糊が落ちた後、水中で模様が鮮やかに浮きあがってくる場面は何度体験しても飽きなかった。

――美しい……。

他の言葉は見つからなかった。志津の美との遭遇であった。

「姉上」

ふたたび、百太郎はあらたまった口調になった。

「横浜で変わってみたいと思います。藍染めのように」

「変わってちょうだい。変わった百太郎が楽しみです」

翌日、百太郎は横浜へ旅立った。

百太郎はその後、アメリカに留学して、ビジネススクールに通った。卒業後、雑貨店に勤務して商取引の現場を経験した。貿易の才を発揮し、福沢諭吉の指導も受けつつ日米間を往復して日本製品の販売を促進し世界に雄飛した。世界的視野を持った佐藤家の生き方のひとつのあらわれだった。貿易で財をなした百太郎は日本百貨店の元祖といわれている。

百太郎が横浜に移動したその頃、世の中は尊皇攘夷の嵐が吹こうとしていた。その騒動に佐倉の佐藤志津と鉄砲洲の原玉子は否応なしに巻き込まれる。

幕末、二人の人生は翻弄《ほんろう》されようとしていた。

第二章　幕末流転

一

原玉子は風が雨戸を揺らす物音で目が覚めた。外は二月の寒風が吹き荒れていた。慶応三年（一八六七）のこの年、冬の寒さがひときわ厳しい年だった。十四歳になった玉子は、大火傷《おおやけど》を負ってから三年が経っていた。

——きちんと閉まっていないのかしら……。

隣の寝床では妹の錠《てい》が心地よい寝息をたてている。玉子は暗闇の中、夜具を抜け出し障子戸を静かにすべらせて廊下に立った。

廊下の板の間には寒気が沈みこんでいて、足の裏に冷気が吸いついた。思わず玉子は襟元《えりもと》を合わせた。手さぐりで雨戸を確かめるとわずかに開いている。

——この隙間《すきま》だわ。

きちんと閉じ錠をかけて戸じまりすると雨戸の音は止んだ。だが、庭には海からの風がまともに吹きつけているらしく樹木の揺れて風を切る音がきこえた。今夜は潮騒《しおさい》も一段と高かった。

玉子は雨戸のそばを離れようとして、ふと廊下伝いの部屋に目をやると、二間先の障子戸が薄く明るく灯《とも》っている。父、尹胤《まさたね》の部屋だった。

――こんな真夜中に……。

子《ね》の刻（午前零時）を過ぎている時間にちがいなかった。

まだ起きているのか。それとも、明かりを点《つ》けたまま寝てしまったのか。

玉子は気になって父親の部屋に近づき耳を澄ませたが物音はきこえなかった。

「父上……」

玉子は控えめに障子越に問いかけた。

「うむ。だれだ」

尹胤が低い声で応じた。

「玉子です。まだ起きていらっしゃいましたか」

「ああ、そうだ。玉子こそどうした。こんな時間に」

ときいた。

「雨戸の音で目が覚めました。父上は寒くありませんか」

「大丈夫だ。火鉢がある」

そして、一呼吸あって、

「よかったら少し暖まって行きなさい」

と言った。

はい、と返事して、玉子は障子戸を開けた。

「あっ」

と一瞬、声が出そうになったが何とか押し止《とど》めた。

――これは一体……。

八畳間は足の踏み場もないほどに散らかっていた。束になった書類や紙片、和綴《わと》じの冊子などが雑然とならべられていた。

父親は部屋の中央で、蠟燭《ろうそく》の光の下、文机に向かっていた。

「驚かせてしまったな。散らかっているのは我慢して、こちらにきて、少し暖まりなさい」

父親に促されて玉子は火鉢の横に座った。

「こんな夜更けに一体何をしていると思っただろう」

尹胤は筆を置いてきいた。

玉子は黙ってうなずく。

「当藩の財産目録と家臣の名簿を作っている」

「財産……ですか」

十四歳の玉子にはそれが何を意味するかわからなかったが、重要な職務にちがいないと想像した。

「あらためて調べてみると、考えていた以上にたいへんな作業だ」

紛失したり抜け落ちたりしている書類が案外多いという。

「父上お一人でされているのですか」

「ああ、そうだ」

尹胤は文机の書類に目を落としながら言った。

家老を務めていればこその職務なのだろうが、ならば部下を動員して手伝わせればよいと玉子は思った。

「どなたかに援助していただけないのですか」

あえて玉子はたずねてみた。

「うむ、それが……」

尹胤は口ごもった。

「事は秘密裡《ひみつり》に進めねばならないのだ」

「そうですの」

父親の真剣な横顔を見ていると玉子はそれ以上はきけなかった。

「眠くはないか」

尹胤は火鉢に手をかざしながら炭をつぎ足した。

「いいえ。目が覚めてしまいました」

相変わらず外は強風が吹き荒れていた。

火箸《ひばし》で炭火をまとめていた尹胤は何を思ったのか急に、

「玉子は原家の郷里に行ったことがないな」

ときいた。

「はい、ありません」

原尹胤が仕える細川家は肥後の大名であるが、細川利永《としなが》は分家で代々江戸詰めなので江戸を離れない。玉子は築地鉄砲洲の細川藩邸で生まれて以来、住まいを変えていなかった。また、江戸市中から出たのは唯一、佐倉順天堂に火傷の治療に出かけたときだけだった。

「どうだ、肥後に行ってみたいか」

「それは父上、一度は行ってみたいと思います」

肥後は火の国、雄大な阿蘇山があると事あるごとにきかされてきていた。また、築城の名人といわれた加藤清正の築いた熊本城も見てみたかった。壮麗な二つの天守閣と堀をめぐらした難攻不落の天下の名城にいつも思いを馳《は》せていた。何かと夢見ているのが、故郷、肥後だった。

「では、行ってみるか」

尹胤は不意に言ってみせた。

「えっ、行くのですか」

玉子は眠気が吹き飛んだ。

肥後は遠い九州にある。玉子にとっては気の遠くなるような距離だった。

「いや、これは急な話で玉子をおどろかせてしまった」

厳格な父が珍しく苦笑いを浮かべている。

が、一転して厳しい顔つきになり、

「だが、肥後に帰る計画がなくはない。これは内密な話だから他言は無用だ」

約束できるなと尹胤は念を押した。

玉子は父親の真剣な眼差《まなざ》しにうなずきつつも、

「その帰る計画というのは、父上、旅行ではないのですか」

とききを返した。息をひそめてきいている自分を感じた。

「うむ、そうなるだろう」

「では、肥後に帰ると、もうこの鉄砲洲には」

「もう二度と戻る機会はないだろう」

尹胤はそう口にすると深く息をついて、再び火箸で炭火を動かした。

「何があったのですか」

玉子は父親の操る火箸に視線を落としながらきいた。

「玉子もきいているだろうが、幕府は開国して外国との貿易をはじめた。大砲ではもはや外国船を追い払えなかったのだ」

砲術師範を務める父の言葉だからこそ玉子には重く響いた。

嘉永六年（一八五三）、ペリーが艦隊を率いて浦賀に入港して以来、日本は開国を決断、諸外国と通商条約を結び港を開いた。しかし、この処置に尊皇攘夷派は怒り、長州や薩摩は外国船を砲撃したものの、逆に甚大な被害をこうむった。その後も国内は、佐幕と尊皇、両派が兵を繰り出して覇権を競っていた。戦乱のきな臭い空気が世の中をおおっていた。

「いま、この国は変わろうとしている。わが藩も例外ではないのだ」

尹胤は諭すように言った。

玉子は他人事《ひとごと》と思っていた日本の大きな社会変革のうねりを肌で感じた。そして、鉄砲洲で暮らす今の時間を大切にしなければならないと胸におさめた。

「昨日、板橋のほうで、取り締まりの役人と百姓、町人たちとのあいだに小競り合いがあった」

幕府の方針に反対する不満分子が一揆を起こしている。幕府の膝元《ひざもと》の江戸市中で反幕府の動きが随所で見られるものの、幕府は騒動を抑えられなかった。幕府の威光が落ちているひとつの証だった。

「この江戸は安全な町ではなくなっている」

「それで肥後に帰るのですね」

「それもある」

「それ以外に何かあるのですか」

「うむ、わしにもまだよくわからない」

尹胤は言葉をにごした。

背景に重い理由がありそうだったが玉子はきけなかった。

「とにかく、玉子はいつでも故郷に帰れるよう準備しておきなさい」

「わかりました」

玉子は父に仕事の邪魔をしたことを詫《わ》びて部屋を辞し、自分の寝床にもどって横になった。枕に潮騒がひときわ高く伝わってきていた。

——肥後に帰る……。

そう考えると目が冴《さ》えて眠れなかった。故郷への実感はわかなかったが、身辺が変わろうとしている予感を覚えた。

外はまだ強風が吹き荒れていた。

二

佐藤志津が松姫の相手をするため佐倉城三ノ丸・松山御殿に通うようになって四年目に入っていた。だが、三月になってこの十日ほど御殿通いを休ませてもらっていた。

母親のさだが病気で臥《ふ》せって、その看病に専念するためだった。さだはもともとそれほど丈夫ではなかったが、この年——慶応三年の寒さがこたえたのか、年明けから体調をくずして床に就いていた。志津が十七歳を迎えた年である。順天堂に隣接する佐藤家の奥座敷で過ごすさだに、志津はできるだけ枕辺に付き添い看病するようにしていた。

志津はさだの額に乗っていた手拭《てぬぐ》いを取って水桶《みずおけ》に浸した。そして、ぬるくなった水を替えるため、桶を持って廊下に出た。

そこへちょうど父親の尚中があらわれた。

「どうだ?」

尚中は襖越しに部屋の中を指さした。

「咳《せき》がとまり、いま、寝ています」

志津は声音を落として答えた。

「そうか。熱はどうだ」

尚中の問いに志津は黙って首を横に振った。

尚中も無言でうなずき、そして、襖を引いて中に入った。

うす暗い部屋に冷気が沈殿していた。

妻のさだが部屋の中央で生気のない顔を枕にのせて寝ていた。呼吸が止まっているのではないかと思わせるほど、掛け布団《ぶとん》は微動もしていなかった。ほつれた髪が額に付着していて、闘病の厳しさを物語っていた。

尚中は従兄妹にあたるこの女との二十年弱にわたる結婚生活を振り返っていた。佐倉順天堂の初代堂主の佐藤泰然から、子どもともども夫婦で養子に入るよう提案があったとき、さだは何の躊躇《ちゅうちょ》もなく、これを受け入れた。気っ風のいい女だった。だからこそ、尚中は佐倉順天堂を引き受けて医業に専念し、発展させてきた。それができたのも、さだというよき伴侶《はんりょ》の援助と協力があったからこそである。

尚中はさだの顔を見つめながら胸のうちで感謝した。

そのとき、さだがうすく目を開けた。

「おお、気がついたか」

尚中はさだの顔を覗《のぞ》いた。

「志津はどこですか」

さだがかすれた声でききながら部屋を見渡した。

「いま、水をとり替えに行っている」

すぐ戻ってくると尚中は言って安心させた。

尚中はさだの一言で彼女がどれほど志津を頼りにしているかを知った。そのまま、さだの手をとり脈を測った。

「志津に話しておきたいことがあります」

さだが訴えかけた。

「いま、井戸のほうに行っているといっただろう」

指先に弱々しい脈搏《みやくはく》が伝わってきていた。

「あなたも一緒にいるときに話しておきたいのです」

「そうか。もう少しで帰ってくる。気分はどうだ」

「眠ったせいですか、とてもよい感じです」

「それはよかった」

尚中はさだの手首を離して布団から静かに手を抜いた。

「あなたにはたいへんお世話になりました。わたしはふつつか者で迷惑ばかりかけてしまいました」

「何だ。急にあらたまって」

「いま、脈で診たとおりです。わたしはもう長くありません」

「何をいっている。脈もしっかりしている。これからだ」

「いえいえ、自分のことは自分がいちばんわかります」

さだは弱い眼差しを尚中に送った。

「いつかあなたとお話ししました志津の結婚相手のこと。あの話、どうぞ進めてください。あなたにすべておまかせします。残念ですが、わたしは見とどけることができません」

「わかった。安心しなさい」

尚中はふたたび布団に手を差し入れさだの手を握った。

「志津の高島田を見たかったですわ」

そう言ったさだの目から涙があふれて流れ落ちた。

「見られるぞ、さだ。回復すれば志津の高島田ばかりか、きっと、孫の顔まで見られる」

「この歳で孫ですか」

さだは三十八歳だった。

「ああ、わたしは四十一だ。お互い若いじいさん、ばあさんだ」

尚中がそう言うと、二人は低い含み笑いをもらし、しばらく見つめあっていた。

「でも、わたしにはもう無理です。志津のこと頼みました」

とさだは尚中の手を握りかえした。

尚中が何か言おうとしたとき、手桶を持って志津が戻ってきた。

「母上、起きられましたか」

志津は早速、手拭いを絞って額に乗せようと準備にかかった。

「志津、母上から話があるようだ。ここに座りなさい」

と尚中は自分のかたわらを指さした。

志津は二人の普通でない気配を察しながら尚中の横に座った。

「志津……」

さだは弱くやさしい眼差しを志津に向けた。

「わたしは幼い志津を一人で親戚に長い間あずけたこと、悪かったと後悔しています」

「何をいうのです。潮来も水戸も楽しい思い出ばかりです」

「そういってくれてありがとう。でも、やはり家族は一緒にいるのが一番です。志津はどうか家族一緒の家庭を築いてくださいい」

「わかりました」

「わたしは志津と過ごした日々はいつまでも忘れませんよ」

「わたしもです、母上」

「百太郎、藤、哲次郎《てつじろう》をよろしく頼みますよ」

さだは志津を含め二男二女をもうけていた。

「母上、今日はどうされたのです。何をそんなに弱気なことをいわれるのですか」

志津は母の手を握った。骨ばった小さな手だった。

——いつの間にこんなに細く……。

思わず志津に涙がこみあげてきた。

さだはしばらく咳こんで言葉が出なかった。

「いま、父上に将来のことをお話ししました。これから佐藤家を支えるのはあなたですよ」

お願いしますとさだは握った志津の手に力をこめた。

「母上……」

志津は手を握りかえしながら母を呼んだ。涙があとからあとからあふれてとまらなかった。

さだは優しい眼差しを志津に向けていたが、やがて目を閉じて眠りについた。

それから三日後、さだは息を引きとった。胸の重い病は、順天堂の医術をもってしても治療はかなわなかった。

享年、三十八。佐倉順天堂の発展を陰で支えた短い一生だった。


さだの葬儀も終わった数日後、志津は尚中に呼ばれて書斎に向かった。佐藤家では毎朝仏壇に線香をあげ、経を唱えるのが習慣となったが、父に呼ばれた昼過ぎの時間になっても廊下にはかすかに線香の香りが漂っていた。

書斎で父親は待っていた。

「今日ここに呼んだのは志津の将来について、考えてもらいたいことがあったからだ」

尚中は静かに切りだした。

「志津の結婚についてだ」

「えっ、何といわれましたか」

突然の意外な話に志津はきき返さずにはいられなかった。

「結婚だ」

尚中は淡々と繰り返した。

「父上、わたしは結婚のことなどまだ考えたことはありません」

この時代、十六、七歳での結婚は珍しくなかったが、志津は結婚など全く想定していなかった。ましで母親を亡くして日も浅い今、なおさら考えてなかった。

「きっとそうだろう。だが、母上の初七日が過ぎた今、ぜひ考えてもらいたいのだ」

「しかし、父上、言葉を返すようですが、母上が亡くなってまだ十日と経っていません。冥福《めいふく》を祈るのが精一杯なのに、とても、結婚のことなど考えられません」

「そうかもしれない。だが、結婚の話は他でもない亡き母上の意向でもある」

「母上の……ですか」

「ああ、そうだ。母上は早く志津に身を固めてもらいたいといっていた」

「そうですか……」

結婚話が母、さだの願いだとするとこれは考えなおさねばならない。それにしてもあまりにも唐突だった。

「志津にはすまないと思う。母上が元気であれば、わたしと一緒に志津に話をしたものを、さだはあんな風に急に先立ってしまった」

目をうるませ尚中は言った。

志津は医者として妻の命を救えなかった父の心根を思い深く同情した。

「わかりました。わたしはどうすればよいのでしょう」

志津はたずねる。

「そうか、わかってくれたか。理解してくれたことをきけば、母上もきっと喜ぶはずだ。わたしからも礼をいう」

ここで尚中は居住まいをただした。

「以前、志津は医者になりたいといっていたな」

父が紫雲膏《しうんこう》を手作りしていた夜に志津は自分の希望を話したものだった。

「志津にはきっと医者が、それも外科医が務まるだろう。だが、今の時代、女の医者はいない。医者になっても誰も信用せずかかりに来ないだろう」

しかしと尚中は言葉を継いだ。

「志津の願いを別の手段で叶《かな》える方法がある。医者の夫を支える生活だ」

「医者の家に嫁に行くのですね」

「いや、違う。志津に婿をとる」

養子を迎えるのだと尚中は言った。

——養子……。

両親と自分がそうだったと志津は思った。一家して佐藤家に入ったのである。今、父親は同じことをしようとしていた。

「しかし父上、わが家には弟の百太郎も哲次郎もいるではありませんか」

この時代、男子が家督を継ぐのが常識だった。

「百太郎は貿易がしたくてアメリカに旅立った。哲次郎はまだ小さい。わたしは志津に婿をとって、その婿とともにこの佐倉順天堂の基盤を強固にしてもらいたいのだ」

尚中の願いだった。

「父上はどのようなかたを考えておられるのですか」

父親にはすでに意中の人物がいるに違いないと思い志津がきいた。

「そこだ」

と尚中は座りなおした。

尚中の思い描く佐藤家の有りようは先代、泰然が自分にとった方法だった。男子は他家に養子に出して、家のほうは佐倉順天堂の門人のなかから優秀な人物を選抜して養子に迎え「佐藤家」を継がせるという方式である。

「わたしは順天堂の将来を見越して、以前から二人の人物に期待をよせている」

志津も知っている人物だと言って、尚中は二人の名前を口にした。

「高和東之助と長谷川泰だ」

志津もよく見知っている人物だった。

いつか塾監の岡本道庵と順天堂の門前で鉄砲洲から来た火傷の母子を見送ったときがある。あのとき、岡本は難しい症例には尚中先生は必ずといっていいほど二人を呼ぶと話していた。

父は確かに二人に目をかけていたのだろう。二人とも順天堂の門人のなかでは群を抜いてよくできる優秀な人物だった。志津が水戸の大叔母のもとから帰った文久二年（一八六二）に同期入門していて、年齢は高和東之助が二十三歳、長谷川泰は二十六歳である。

二人は好対照で、高和東之助は外科を得意として、にじみ出る自信を持っていた。

一方、長谷川泰は野性的な魅力を秘めていて、医学に対し他を威圧する力量を備えていた。

二人とも甲乙つけがたい人物であった。

ただ、高和東之助のほうは志津の母方の親戚筋にあたり従兄妹同士だった。

「わたしも存じている方です。それで、父上はわたしにどちらの方との結婚を考えておられるのですか」

「それは……、志津が決める」

「えっ、わたしが決める?」

志津は戸惑った。

「あの、どういうことですの」

娘の結婚相手は親が決めるのがならわしである。それを新婦側が、それも、男子二人の中から選ぶ話などきいた例《ためし》がない。

「高和東之助と長谷川泰のどちらかを志津自身が選ぶのだ」

「わたしが相手を決めるのですね」

「そうだ。これは亡き母上の考えついた方法だった。わたしもよい方策だと思う」

尚中は言った。

「おかしな方法かもしれない。だが、この佐倉順天堂の将来は志津の肩にかかっている。志津がよいと思う人物でないと、この医院は発展しないのだ」

「責任は重いですね」

志津の感想だった。

「重い。だが、志津ならできると母上も確信を持っていた」

「わかりました……。でも、父上、わたしが決めて相手の方の意向はよいのですか」

勝手に決めては相手も迷惑だろう。両親の提案ながら、まことに不思議な婿選びだった。

「それは大丈夫だ。わたしにまかせておきなさい。この話は四十九日が過ぎてから、すみやかに事を決めたいと思っている。それまでの間に志津はよく考えなさい」

志津は塾生たちからあばらっ娘と陰口をたたかれて、お転婆と見られている。尚中の激しい気性とも似かよっていて、〝女尚中〟ともいえた。

尚中から見ると婿には気骨のある長谷川泰のほうがふさわしいのではないか、と考えないでもないが、そこは志津の選ぶ相手で親は口出しを控えた。

翌日から志津は順天堂で立ち働く高和東之助と長谷川泰を観察した。

挨拶ひとつ交わすのでも意識せざるを得なかった。

——この人と家庭を持つ。

そう考えると二人に対する見方も変わってきた。今までの二人とは違って見える部分もあった。

だが、二人は夫としても甲乙つけがたかった。

——困った……。

どちらを選ぶか志津は迷った。

——こんなとき母がいれば……。

母が生きていれば相談相手になってくれたはずだった。繰り言とはわかっていてもそう思った。

さだの四十九日が目前にせまってきていた。結論を父に伝えねばならない。

三

佐倉順天堂の昼食時、佐藤家の台所は戦場だった。

塾生たちが昼食をとりに順番に次々と訪れる。医院に隣接して建てられた佐藤家の台所が昼の一刻は食堂に早変わりする。板の間に等間隔に置かれた薄い座布団に塾生が座ると女中が料理をのせた膳《ぜん》を置く。丼《どんぶり》飯《めし》と汁、佃煮《つくだに》、漬物のならんだ豪華とはいえない昼食を塾生たちは物も言わずにかき込んだ。そして、空腹を満たすとすぐに医院に戻って行った。

こうした塾生たちの世話は志津の母、さだがとり仕切っていたが、さだの死後、志津に順天堂の家事一切と弟妹の面倒がまかされた。父、尚中の指示である。十七歳の長女の身に急におとずれた重責だった。

志津はお茶、生け花などの女子の稽古事を習い、また、長年、さだの脇にいて料理を見よう見まねで作っていた。それゆえ、今回の緊急事態にも多少対応できたが、とはいえ、順天堂は大所帯である。

志津は襷《たすき》がけで忙しくたち働いた。幸い女中たちが協力的で志津はずいぶんと助けられ、何とか切り抜けていた。

志津には塾生たちの世話もさることながら、結婚相手を選択するという、父、尚中からの重い〝宿題〟があった。高和東之助と長谷川泰の二人のうちどちらかを選ばねばならない。

佐倉の城下で数日前まではツツジが満開だったものの、いまは花がしぼみ葉のほうが目立つ季節に入っていた。さだの四十九日も過ぎようとしていた。父に伝える約束の日は近づきつつあった。

患者が全国からやってくる。いつまでも母を亡くした悲しみに浸ってはいられない現実もあった。

この日、塾生たちの昼食も終わったころ、台所に高和東之助と長谷川泰の二人が声高に議論を交わしながら入ってきた。新しい患者の対応について、二人の意見が食い違っているようだった。

高和は、

「あの胆のうの病は熱と痛み、悪寒の具合からみて上腹部を開き、病気の巣を取り払うのが最良だ」

と言いながら座布団に腰をおろした。

その隣に長谷川はならんで座り、高和の発言を制した。

「いやいや、この場合は脇腹を切り開き胆のうを手当てするのがよい。すぐに病巣に到達できる」

長谷川は一歩も引かなかった。

「それは危ない。脇腹を開くのでは筋層が薄いので肝臓を傷つけるおそれがある。肝臓から出血させればそれこそ命とりだ」

「そこが医者としての腕の見せどころだ。脇腹からなら手術に要する時間も短縮でき、患者の負担も軽減できる」

「いや、脇腹では手術後の経過も心配だ。傷口がふさがらない可能性がある」

「何をいう。高和のいう上腹部を開くほうが切開口を大きくとる必要がある。患者の負担が大きくなるではないか」

二人は向かい合って言い合っていた。

「おふた方、ここに何をしにいらしたのですか」

志津は膳を持って二人のそばに立った。

「これは、これは……」

長谷川は頭をかいて座りなおした。

「お嬢様に迷惑をかけてしまった」

高和もあわてて正座した。

「お嬢様ではありません。配膳係の志津です」

言いながら志津は二人の前に膳を置いた。一度に二つの膳を持つのはかなりの力が必要だった。

だが、その芸当もいつのまにか会得していた。

二人は無言で膳の料理に箸を往復させた。

しばらくして、急に長谷川は箸を止め、

「それにしても、お嬢、いえ、志津さんの襷がけはよく似合っている」

と部屋の隅で控えている志津のほうを向いて言った。

「それはいえる。赤い襷がじつに板についている。薙刀で襷をかけなれているからだろう」

高和も同調した。

「おふた方の意見が合いましたね。珍しく」

志津は皮肉をきかせた。

「珍しくか。これは一本取られた」

高和は照れて笑った。

「料理も美味《おい》しい。これも志津さんが差配されているといいますから、いつ奥様になっても大丈夫だ」

不意に長谷川がそう口にした。

——いつ奥様になっても大丈夫だ。

志津は胸のなかで繰り返した。二人は知らないがどちらかを選ばねばならない。しかし、どちらも遜色《そんしょく》がなかった。

そのとき志津はふと決断をくだすためのひとつの方法を思いついた。


この日の夕刻、志津は患者も引き上げて、門人たちによる掃除が始まったころ、順天堂を訪ねた。そして、医院の一室で読書中の長谷川泰を見つけた。手術室にも早変わりする板の間の部屋だった。

「これはお嬢、いえ、志津さん。どうされましたか」

長谷川は手にした蘭書《らんしょ》から目を離した。

「今ちょっとよろしいですか」

志津は入口できいた。

「ああ、どうぞ」

と長谷川は蘭書を閉じて机に置き、椅子をすすめた。

「さきほど、昼食時に高和さんと患者さんの話をされていましたね」

扉を閉めて志津はたずねた。

「ええ、胆のぅに炎症がありまして、あのあと少し手当てしましたところおさまっています。しかし、いずれ手術は必要となるでしょう。それが、何か？」

「これはもしもという仮定の話ですが……、もしわたしが同じ病気になったとき、長谷川さんはどうされますか」

「それはもうわたしが手術します。必ずや治してみせます」

長谷川は間髪を入れず返事した。迷いはなかった。天保十三年（一八四二）、越後に漢方医の子として生まれた。向学心が強く、佐倉順天堂の評判が遠く越後・長岡藩にまで届いているのを知り、居ても立ってもいられず父の許しを乞い雪をいとわず山を越えて佐倉をめざし歩きつづけた。二十一歳で順天堂に入門し、頭脳もさることながら馬力と忍耐で頭角をあらわした男だった。

「難しい手術になりますが、責任を持って全力で取り組みます」

長谷川の言葉は力がこもっていたが、

「しかし、なぜそのようなことをきかれるのです。もしかして、志津さんは胆のぅに何か異変が……」

と急に心配そうな顔付きになった。

「いえ、違います。あくまで仮定の話としておききしたのです。わたしは病気ではありません」

「それなら安心です」

長谷川は安堵の表情だった。

志津は感謝しつつ部屋をあとにした。

それからしばらくして、今度は高和東之助が部屋に一人でいるところをみはからい同じ質問を試みた。

高和は少しの間、考えていたが、

「それはわたしにできない」

と言った。整った顔だちが、わずかにゆがんだようだった。

「えっ、手術してくださらないのですか」

志津には思いがけない返事だった。外科の技術は、師匠の尚中以上との評判である。できないはずはなかった。

「申しわけないができない」

「なぜでしょう」

「志津さんのことはとても他人とは考えられない。そのような人の肌を刃物で切り込むことはおそらくできないと思います」

と高和は言った。

「従兄妹だからですか」

「そうかもしれない。だが……、そうでないかもしれない」

わからないと高和は首を振った。

志津は何も言えなくなった。

「いざとなると何もできなくなる人間かもしれない」

「そんな。あまりご自分を責めないでください。それにこれは仮定の話ですから」

志津は高和のひどく生真面目な一面を見たと思った。

「あなたが胆のうの病に侵されていると考えただけで悲しくなる」

そう言った高和の目に涙が光っているのを見て志津はおどろいた。

それから二人はしばらく黙っていた。

やがて、

「高和さんはどうして医者になったのですか」

と志津はきいた。

「さて、どうしてでしょう？　あまり考えたことはないが、自然になったとしかいいようがありません」

と高和は答えた。

高和東之助は弘化二年（一八四五）十一月、常陸国太田村に生まれた。実家は造り酒屋で七人兄弟の長男だった。父親の清兵衛《せいべえ》は、「大名清兵衛」といわれるほど風格をそなえていたが商売は苦手で家運が傾いた。それを陰で支えたのが東之助の母のたみだった。たみは、「かかとに目がある」といわれて頭の回転が速く、気概に富んだ母親だった。

たみはわが子の東之助が商家の息子ながら、武芸や学問を好み、ことに手先が器用で、こうした特徴を活かす道はないものかと模索していた。幸いたみの妹、さだが順天堂の尚中に嫁いでいる。医者にしてはどうかと思ったが、跡取り息子に家業を継がせるのが先祖のためと、親戚一同は反対を唱えた。また、当時、医者という職業は坊主、易者とならんで世間的にあまり位は高くなかった。

迷ったたみは、息子の行く末を水戸の祇園寺で易をよくする住職に占ってもらうことを思いつき、往復十里の道のりを一日がかりで訪ねた。

結果は、今は暗いところにいるが、やがて思い通りに明るいところに出られる。将来の身の振り方として、役人がよろしいが、特に医道が向いている、という内容だった。

たみはこの易占を親戚に示し、一同も賛同して、家業の造り酒屋は姉に譲るという方針が定まり、東之助に医者の修業を積む道がひらけたのだった。

かくして安政六年（一八五九）、十五歳の東之助は佐倉に旅立ち、尚中の指導のもと、順天堂入門は尚早《しょうそう》としてまず漢学を修める。

高和東之助は長じてから母親のたみが占い師にみてもらった話をきかされた。これについて東之助は、子どもの将来を案じる母親が親戚一同を納得させるために仕掛けた工作ではないかと想像したが、確かめたりはしなかった。少なくとも、医学は天職といえるほど自分の道に合っていた。さらに、人より指先が器用なので外科に向いていた。

「自分が医者になったのは母親のお陰です。よい道に導いてくださったと感謝しています」

「そうでしたか……」

高和ほど外科医に向いている人はいないのではないかと常日頃思っていた。親とは子の才能を見抜くものだと志津は感心した。

「しかし、なぜ急に胆のうの病について話をするのです?」

高和は心配そうだった。

「変な質問で、ご迷惑をかけました。心配しないでください」

と言いながら、志津は高和も長谷川も同じように心配をしてくれたと思いながら部屋を出た。

結婚相手を選ぶとはいえ、罪な質問をしてしまったと志津は少し悔いながら本宅のほうに戻った。

戻りつつ、志津は夫とすべき人物をわずかながら選び出していた。

四

「決めたか」

父の尚中は書斎で居住まいを正して志津と向かい合った。夜も深まり物音は何もしなかった。燭台《しょくだい》の蠟燭が微動もせず長い炎をまっすぐ天井に向けて立っていた。

「決めさせていただきました」

正座した志津は再度深くお辞儀をした。

「で、どちらにしたのだ」

尚中が厳かにたずねるのを志津はひと呼吸置いて、

「高和東之助さんにお願いしたいと思います」

と伝えた。志津は自分の声が震えているのを実感していた。

「そうか、高和を選んだか」

尚中は静かに胸におさめていた。

「はい……」

迷った末の選択だった。長谷川と高和に人間的にも医者としても遜色はない。その中で導き出したのは高和だった。

しばらく父と娘は無言だった。

やがて、尚中が、

「志津の選択を尊重したい。それにしても、なにゆえ、高和を選んだのだ」

ときいた。

「それは……、それはいえません」

志津は小さく首を振った。

「いえないか」

「はい」

志津は拒否したが、ややあって尚中は、

「秘密なのか」

と未練がましい様子でたずねた。

「そんな、秘密というほどではありませんが」

「では教えてくれてもよいではないか」

志津はしばらく迷っていたが、

「父上に似ていたからです」

と言った。

「高和がか」

「そうです」

「あの男のどこがわたしに似ているというのだ。入門当初は何かと注意ばかりしていた男だ」

「父上は患者と接するとき、重い患者ほど帰りぎわに両手を握りしめ、お大事にというでしょう」

「ああ、しているかもしれないな」

習慣づいているので尚中は気づいていなかった。

「高和さんも同じことをしています。手をとって必ず三回上下させるのです」

「三回……」

「そう三回です。背中を丸める仕種《しぐさ》まで父上とそっくりです」

志津はこれまで二人の同じ動作を何度目にしたかしれなかった。

「それにしても、そんなことで高和を選んだのか」

尚中はあらためてきいた。

「そうです。だから、父上にいうのが恥ずかしかったのです」

言いたくありませんでしたわと志津は父親に羞恥と甘えを示した。どうであれ、握手の動作については、父親に知っておいてほしい内容だった。

「そうだったか」

尚中も父親らしく受けとめた。

「このことは高和には内緒にしておこう」

尚中の言葉に、二人は目と目でうなずき合い、そして、どちらからともなく微笑み、いつか笑い声に変わった。

父と娘はしばし親子の情に浸った。

やがて、志津は座り直し、

「父上、このたび高和さんを選ぶにあたっていろいろ考えさせられました。一番考えたのは人の幸せとは何かということです」

一体何でしょうと問いかけた。

「幸せ……」

いきなりきかれて尚中も戸惑った。

「わたしは人とつながる実感を持つことが幸せではないかと思うようになりました」

「志津はそう思うのか」

「はい」

志津はおのれを弱味をみせた高和東之助に親近感をいだいた。その瞬間、かれとつながったと思った。

「高和さんとなら生涯気持ちをひとつにしていけると思います」

と志津は父を見つめた。

「亡き母上も志津の相手が決まってさぞかし安心されたであろう」

尚中は娘が悩んだ末の決断に安堵しつつ、わが子の成長を見た思いがした。

後日、尚中が高和に真意をたずねると、

「異存はありません」

と答えた。

それから数日後、志津と高和東之助の結婚が順天堂内に通達された。高和はこれを機に、「佐藤進」と名をあらためた。（以下、本稿においても進と表記）

佐藤家の邸宅内に急遽、志津と進の部屋が設けられた。志津、十七歳。進、二十三歳の若き夫婦がここに誕生した。

二人が初めての夜を迎えた。志津は白無垢《しろむく》の寝間着を身にまとい夜具に就いた。初夜の作法についてはすでに亡き母、さだから学んでいた。進が常陸の太田村から佐倉に来たときからの話を始めると、いつまでも思い出話が途切れなかった。

志津が女として進を迎え入れたのはもうすぐ夜が明けようとする時間だった。

このとき、志津の腹に子が宿されたことは二人の気づかぬところであった。

志津と進が正式の婚儀を挙げたのは、この年の十一月二十五日だった。佐倉藩から士分にとりたてられ、結婚の許可が正式におりたのである。これより前、志津は佐倉順天堂の切り盛りにも馴《な》れ、松姫の相手をする御所通いも始めていた。

五

慶応四年（一八六八）、時代は風雲急を告げていた。

二月のある日、志津は、進から、

「わたしは明日、江戸に発つ」

と言われた。

前年の十月、将軍、徳川慶喜は大政奉還し、さらに征夷大将軍の辞表を朝廷に提出した。十二月には王政復古の大号令が発せられた。時勢は急速に動いていた。

そして、慶応四年の一月、旧幕府軍は薩摩と長州の藩兵と鳥羽・伏見で戦い、敗走した。ここに戊辰《ぼしん》戦争が始まったのである。

旧幕府軍の敗走兵には負傷者が続出し、一旦、紀州に逃れたものの、やがて、海路江戸に移送された。その多くは会津藩兵だった。負傷兵は芝・新銭座《しんせんざ》（現・港区浜松町）にある会津中屋敷に収容された。佐倉順天堂で学ぶ塾生は会津藩から来ている若者が最も多かった。佐倉藩はもともと譜代大名であり、徳川将軍家の一族である会津藩・松平家をあがめている。佐倉順天堂が縁の深い会津藩に恩義を覚えて肩入れするのは当然の成り行きだった。

進はその会津藩兵の治療に当たるよう、

「一緒に来たまえ」

と父、尚中から命じられたのである。

「ずいぶん急なお話ですね」

診療に明け暮れていた夫が突然江戸を口にしたのは志津には意外だった。

「うむ、藩命なのだ」

進にしても急な命令だった。

「養生所《ようじょうしょ》のほうはどうされるのですか」

志津はきいた。佐倉養生所は父、尚中が藩の医制改革の一環としてポンペが建てた長崎養生所を模して、前年九月、佐倉城下に作った西洋式病院だった。進という優秀な補佐がいればこそ可能になった病院である。「西の長崎、東の佐倉」と世間でいわれるのも、その進んだ医術と医制のためである。

「何とか岡本さんに支えてもらうしかない」

塾監の岡本道庵が頼りだった。

「岡本さんは診療でただでさえお忙しいでしょう」

「そうなのだ」

岡本には佐倉順天堂を切り盛りする仕事があるのはわかっている。さらに、戊辰戦争で塾生の多くが郷里に帰り始めているのも痛手だった。長谷川泰も生地の越後に帰郷していた。

「岡本さんに頼れないと、養生所の将来は難しいかもしれない」

進は弱気だった。江戸行きで、尚中ばかりか進まで欠けたのでは佐倉養生所を維持するのは難しくなる。

「そうですか……」

志津も弱い息をもらした。戦争の影響がこんなところに波及してくるとは予想もしていなかった。

佐倉養生所は結局、この年の閏《うるう》四月に閉鎖された。わずか九ヵ月の活動だった。佐藤家が情熱を注いだ西洋式病院であったが、この挫折と無念さは後年、日本の最高学府における医学教育を指導するにあたり活かされた。

進は気を取り直し、

「いまはただ、志津に元気な子を産んでもらうのが一番だ」

と志津の腹を見ながら言った。

志津の腹は臨月でいつ産まれてもおかしくないほど大きくふくらんでいた。

「無事産まれますわ」

志津はせりだした自分の腹をさすってみた。半年ほど前までひどいつわりに苦しめられたが、その後は順調に経過していた。

「男かな女かな」

進は志津のそばに寄り、志津と一緒に腹をさすった。

「さて、わたしには……」

お腹《なか》の中で動く、その暴れ具合では男の子のような気がしていたが志津は黙っていた。

「跡取り息子だといいが」

「あら、跡取りなら女の子ですわ」

それが佐藤家の方針だった。娘に婿を迎えるのである。

「そうだった、そうだった」

進は何度もうなずきながら、

「江戸から帰ったときには産まれているだろう」

と今度は耳を志津の腹に当てながら、楽しそうに耳を澄ませた。

そして、進は二月七日に佐倉を出発した。その数日後、男子が産まれ、八十太郎《やそたろう》と名づけられた。

「おう、産まれたか」

その報を進は治療で忙殺される会津中屋敷できいて喜びに浸った。が、一方で、官軍が品川に近づいているとの情報がもたらされ、進は会津藩の依頼のもと、負傷兵が会津に帰還できるよう手当てし全員を送り出した。

進は任を終えて三月六日に佐倉にとって返した。

「八十太郎はどこだ」

進はわが子のもとに走った。

八十太郎は奥座敷に眠っていた。その子の顔はやせて異様に赤らんでいた。

「熱があるのか」

進は震えながらわが子の額に手を当てた。異常な発熱は医者でなくてもわかるほどだった。

「この熱はいつからなのだ」

「二日ほど前からです。一向に下がりません」

志津の声はかすれていた。母乳も受けつけなくなっていた。

「志津の具合はどうなのだ」

「わたしは大丈夫です」

志津は夫が差し出す手を安心させるためもあって強く握りかえした。

その後、進の懸命な治療にもかかわらず八十太郎の熱は下がらなかった。細い呼吸は消え入りそうで、口にするものはわずかな水だけだった。

進は産まれたわが子を何度も胸に抱いて、無事を祈った。

四月二日になってついに息が止まった。

「さようなら」

小さな柩《ひつぎ》の蓋が閉じられるとき志津は小さくつぶやくのが精一杯だった。

進は声も出なかった。

二ヵ月に満たない短い一生だった。幻章童子が戒名だった。

この間、佐倉藩も戦争に翻弄されていた。三月九日、藩主・堀田正倫《まさとも》は幕府方の応援のために上洛《じょうらく》すべく藩士三百名を従えて東海道を上った。佐倉藩はもともと譜代大名である。途中、官軍に厳しく詰問されて新政府方につくという方針替えをした。だが、正倫はこれまでの経緯もあり、京都、妙心寺塔頭《たっちゅう》大法院に謹慎を命じられ、行動は封じられた。

佐倉藩の意向はそのまま進の立場に影響した。

進は休む暇もなく、六月二十二日、官軍の治療のため奥州出張を命じられた。奥州出張は初めての子を失うという傷ついた心をまぎらわすにはむしろ好都合だった。

このころ佐藤家では、尚中の義弟の松本順は医者として会津に行き、同じく義弟の林董は榎本武揚の艦隊に見習士官として乗り込み奥州に向かおうとしていた。幕府に深い恩義を感じての行動だった。

佐藤家は戊辰戦争の最中《さなか》、敵味方に分かれて戦っていたのである。時代に翻弄される佐藤家だった。

六

慶応四年（一八六八）三月、江戸は不穏な空気に包まれ、市民は浮足立っていた。

それは築地鉄砲洲に住む肥後新田藩（のちの高瀬藩）邸に住む原玉子の一家にも波及していた。

日も暮れ食事の後かたづけも終わった時間だった。

「玉子、旅立ちの準備はできていますか」

と母、セキは衣装を畳みながらきいた。かたわらには柳行李《やなぎごおり》が置かれている。

「できております、母上」

玉子も衣装を畳んでいた。

去年二月の深夜に父、尹胤《まさたね》から、いつ江戸を離れるかしれないときいたものだった。あれから一年を経ている。時代は幕府方と尊皇攘夷派が争い、緊迫した空気が身辺にも及び、激動の時勢を玉子も肌で感じていた。今日もあの日と同じように強い北風が雨戸を揺らしていた。

「いよいよなのですね、母上」

「ええ、いつかいつかと思っていましたが……。予定では二日後ときいています」

セキは言った。

江戸は慶長八年（一六〇三）江戸幕府が開かれて以来最大の危機におちいっていた。開府以来二百六十五年の長きにわたり、戦争がなかった。江戸は平和の都、安泰の象徴だった。京都で勃発した戊辰戦争の戦いはいよいよ江戸まで波及し、三月十五日には官軍の総攻撃が始まるともっぱらの噂である。官軍の主力はすでに箱根を越えていた。官軍が侵攻し、幕府軍との戦いが始まれば江戸が火の海になるのは目に見えている。火事と喧嘩は江戸の華といわれてきたが、今度の火事は鉄砲玉が飛ぶ。辻《つじ》々で斬り合いがはじまり、また、銃器を交えた殺戮《さつりく》が江戸市中で繰り広げられる。市民が浮足立つのも当然だった。

江戸に屋敷を構える諸藩は、藩士やその家族を続々と国元《くにもと》に帰還させていた。それは肥後新田藩も例外ではなかった。

「この鉄砲洲ともお別れですね」

玉子はいまさらのように口にした。

「そう、鉄砲洲と長い長い付きあいでした。玉子はいくつになりましたか」

「十五歳です」

「そうですか。わたしも歳をとるはずです」

セキは小さく笑った。

「熊本に帰ったらこの鉄砲洲には……」

「ええ、二度と戻らないでしょう」

「そうですね」

このところ玉子は何かと鉄砲洲で過ごした月日を振り返っていたが、いざ離れるとなると無性に淋しい気持ちにとらわれた。

「この鉄砲洲は外国人の住む土地として提供されるようです」

前年に鉄砲洲一帯は外国人居留地に指定されていた。横浜在住の外国人たちが不便をもらしていて、幕府は政務の中心地、江戸に土地を提供する約束ができていた。それが鉄砲洲だった。

「では、なおさら鉄砲洲には戻れませんね」

玉子は最後の数日を大事にしようと心に決めた。

「ところで、熊本ではどこに住むのでしょう」

玉子は何気なくきいた。

「それがまだ決まっていないといいます」

「えっ、決まってないのですか。それでいいのですか、母上」

二日後にも出発しようとしているのに行き先が決まっていないのは、玉子には不思議でならなかった。

「父上が尽力されて候補地がいくつかあがっていますが、まだはっきりとは決まっていないようです」

細川利永《としなが》を藩主とする肥後新田藩（三万五千石）は肥後藩五代藩主・細川綱利《つなとし》の時代に弟・利《とし》

重《しげ》が蔵米を分与されて江戸に創設した支藩だった。参勤交代はなく、代々江戸に常駐していた。それがはじめて江戸を離れなければならず、藩にとっては青天の霹靂《へきれき》だった。本藩のある熊本に家臣団ともども下るについて、原尹胤をはじめ重臣たちは移住先を選定していたが難航していた。

「ひとまず熊本の城下に荷をおろし、その後に藩邸の建設地を定めるようです」

「藩邸？」

「この鉄砲洲と同じように、利永さまが住まわれる邸宅を造り、わたしたちの家も建てないと藩の仕事はできませんよ」

セキは言った。

「わかりました……」

玉子は返事をしながら移住の困難さを感じた。単に身ひとつが江戸から熊本に移るのではなかった。

二人はふたたび衣装を畳み始めた。

二日後の三月四日――、予定通り肥後新田藩は藩主・利永をはじめ、約三百家族、およそ七百人の家臣団ともども、手配したオランダの蒸気船二隻に分乗して品川沖から海路、熊本に向かった。

――さようなら江戸！

さようなら鉄砲洲。玉子は遠ざかる陸地を見ながらつぶやいた。二度と帰らない土地に心のなかで手を振っていた。

二隻の船は途中、神戸に寄港し藩主・利永だけは京都御所に参内するため下船した。これより前、一月十六日に肥後藩は勤皇派に与《くみ》すると藩議で決めていて、二月二十一日、利永は最後の江戸城登城を果たしている。京都御所に参内するのは、肥後藩の旗幟《きし》を明らかにする表敬訪問だった。

家臣団はそのまま熊本に向かい、熊本新町の宿屋に荷をおろした。小藩とはいうものの、大移動だった。

その夜、玉子は初めての船旅で疲労した体を夜具に横たえた。

「母上、お疲れではありませんか」

玉子はかたわらのセキにきいた。

「疲れました。船に酔ってしまって、いまでも揺れているようです」

セキは珍しく弱音を吐いていた。

玉子も船酔いで何度も吐きそうになった。そのことを話そうとしたら、セキはすでに寝息をたてて眠っていた。

――ここが火の国、熊本……。

玉子はそう思いながら布団を引き上げた。たちまち眠りに落ちた。

七

一ヵ月後、肥後新田藩は屋敷地を玉名郡高瀬町（現・玉名市高瀬）に定めた。熊本県の北西部に位置して、菊池川に沿い、有明海に面した一画である。本藩は城北の軍事上の重要拠点として高瀬を第一候補としてあげていて、それが通った形だった。

そのころ江戸では、江戸城が西郷隆盛と勝海舟の会談により無血開城され、徳川慶喜は水戸に退却していた。

藩主・細川利永はひとまず仮寓先《かぐうさき》として高瀬御茶屋《おちゃや》（宿泊休憩所）に引っ越しし、家臣たちも続々と高瀬に移ってきた。藩邸や藩士の居宅ができるまでは高瀬町の寺院や商家に分宿する運びとなった。武士と町人が混在して住む珍しい現象が発生している。都下りの藩士は、江戸風の生活習慣と教養を身につけていて〝お江戸さん〟と呼ばれ、貿易で栄えた高瀬町の住人と互いに影響し合った。

この間、高瀬町のどこに陣屋地を設定するかが、重臣たちによって論議された。家老の原尹胤が折衝役に選ばれた。

原尹胤に土地を斡旋したのは惣庄屋《そうしょうや》の木下初太郎《はつたろう》だった。惣庄屋の仕事は地域住人の掌握や諸事業の点検と管理で、情報の発進地であり、集積地でもある。余談だが、この木下初太郎の曾孫《ひまご》が劇作家、木下順二である。

木下初太郎は原尹胤に、

「立願寺《りつがんじ》谷《だに》か亀頭迫《きとさこ》が適当かと存じます」

と進言した。山沿いと川岸の地を候補にあげた。

だが、原尹胤は、

「岩崎原はどうなのだ」

とたずねた。菊池川の西側一帯に広がる耕地だった。桑や芋が植えられている。重臣たちもこの一帯を気に入っていた。

「岩崎原は耕地ゆえ、従来通り農地として使用したほうが産業に資するのではないかと考えます」

木下初太郎は地元の惣庄屋らしく土地の有効利用を念頭に置いていた。

しかし、支藩とはいえ一藩を成すにはそれなりの広い土地を必要とした。山沿いや川岸の地では狭隘《きょうあい》ではあった。

最終決断は藩主・細川利永に委ねられた。果して、馬に乗って候補地を検分して回った藩主は、

「岩崎原が爽快、広大でよろしい」

と言った。鶴の一声だった。

陣屋地は高瀬町、岩崎原台地の十町歩（約十ヘクタール）に決定した。かくして慶応四年七月

二十九日をもって肥後新田藩は高瀬藩と称することになった。高瀬藩の誕生であった。

原尹胤に土地を斡旋した木下初太郎は、その後藩士たちの居宅を造るに当たっても何かと相談に乗り、交流は続いた。この木下初太郎の弟に律次郎がいる。竹崎家に養子に入って竹崎律次郎を名乗り、横井小楠の高弟となった。その妻、順子（旧姓・矢嶋順子）はのちに熊本女学校を創立した。

この矢嶋順子は　横井小楠の妻、つせの姉である。

高瀬の地で、原尹胤と木下初太郎との縁が横井小楠という幕末開明派の人物につながる細い糸を手繰り寄せたのだった。この糸がやがて玉子と横井小楠一家とそれをとりまく人物たちとの出会いを生じさせるのであるが、それにはいましばらく時間が必要だった。

それもこれも、玉子が鉄砲洲から高瀬に転居したことで生じた縁だった。玉子の人生が転回しつつあった。


高瀬は昔から海外貿易港として栄えてきた歴史がある。天然の良港を背景にした国際都市だった。戦国時代にはキリシタン大名、大友宗麟の所領となり、その後、加藤清正が肥後に入国し、高瀬に唐人町が形成され、土木工事も行なった。

高瀬は小さな町ながら歴史を偲《しの》ばせる旧跡が各所に残っていた。

「ここが清正公縁《ゆかり》の神社ときいています」

散歩の途中にセキが玉子に説明したのは繁根木八幡宮《はねぎはちまんぐう》だった。応和元年（九六一）に京都の岩清水八幡宮から勧請《かんじょう》したと伝えられる神社だったが、戦国の世に荒廃していたのを清正が社殿を再建していた。

「この石垣は清正公が築いたものです」

一段高い場所にある神社を囲う形で石垣が組まれていた。石垣造りの名手といわれた武将が残した石垣だった。

玉子は整然と積まれた石のいくつかに触れてみた。江戸とは違う町の様子は新鮮であり、興味もわいた。

——ここで暮らす。

そう思うと歴史を刻んだ神社の石垣にさえ親しみを覚えた。

「この高瀬は江戸などより古い習慣や文化が残っているようです。いずれ玉子も気づくはずですよ」

「それは何でしょう？　楽しみですわ、母上」

「わたしも楽しみにしています」

セキは町を見まわしながら言った。

高瀬藩邸の建設は大がかりであり時間を要したが、原尹胤たち重臣の住まいは案外早くできあがった。

原家は藩邸（現・玉名女子高等学校、玉名町小学校）の東南、二百六十五坪の敷地に隣接して建てられた。現在でもなお当時の武家屋敷そのままの区画が残っている。閑静な住宅地区に往時を偲ぶことができる。

「ようやく落ち着きました」

居宅に入り二ヵ月ほど経過してセキは言った。江戸から引き上げて以来、あわただしい月日が流れていた。

「わたしもです。母上」

玉子はそう応えながら、

「ここは何か風が暖かいように思えます。母上はいかがですか」

ときいた。

「本当に。暖かいのは大助かりです」

冷えで苦しむ体質のあるセキには南国・九州の陽気はありがたかった。

「海の色も違うように感じます」

玉子は言った。

数日前、玉子はセキや兄弟と一緒に有明海を望む場所まで出かけていた。川沿いに少し歩いて下れば海だった。その海は鉄砲洲で毎日眺めていた海とは異質だった。飛び交う鳥の種類も変わっていた。同じ海でもこうも違うものかと感じた。熊本の海は明るい青に輝いていた。

「南の国は何もかも違いますね」

セキも玉子同様、高瀬に親しみを覚えているようだった。

そうしたある日、玉子はセキに中庭に来るように呼ばれた。つるべ井戸のそばに広げられた筵《むしろ》の上に大きな樽が置かれ、濃い黒褐色の液体が満たされていた。

「母上、これは何ですか」

玉子は樽の中を覗いてきいた。

「高瀬の古い文化です」

セキはそう口にするなり、手にした木製の鉤《かぎ》を使って液体の中に沈んでいた細く長い塊を引き上げた。鉤の先にぶら下がった柔らかい塊の先端から濃厚な液が滴《したた》り落ちていた。あちこちに小さな瘤《こぶ》も突き出ている。

「何ですの、母上」

恐い物でも見るように玉子はその濡れた細く長い塊に目を凝らした。

「木綿の布です」

と言うなり、セキは瘤状に糸でかがってある個所を鋏《はさみ》を使ってひとつひとつ切っていった。

「これを井戸水で何度も洗うのです」

セキの指示に玉子は井戸端の流し場に置かれた盥《たらい》の中で綿布《めんぷ》を洗った。洗っては水を捨て、つるべで引き上げては水を満たして洗った。

「母上、手がこのように」

黒く染まった手を広げて玉子は示した。指先も爪の間も黒く染まっていた。

「そのうち落ちるから心配ありませんよ」

セキは小さく笑っていた。

玉子が何度も洗っているうちに黒い塊でしかなかった物が青い一枚の大きな布となり、その布のあちこちに大小の丸い模様が浮かび上がってきた。

「母上、見てください。こんなにきれい」

玉子は布を広げて高く掲げた。模様は青地に朝顔の花のような白い丸い柄で、模様の中に蜘蛛の巣を張ったような細い筋が放射状に描かれていた。糸かがりの跡である。

「玉子、これは高瀬絞りです」

肥後・高瀬に伝わる藍染めの絞り木綿だった。伝統文化である。

高瀬の絞り木綿が日本最古の絞り木綿といわれている。玉子はその源流の地に偶然転居してきたのだった。

歴史をたどれば、木綿は明や李氏朝鮮から輸入されていたが、戦国末期には日本でも生産されるようになった。海外貿易の拠点として栄えた高瀬に多種多様な文物が伝来していて、木綿栽培や絞り染めの技法もそのひとつだった。

安土桃山時代、熊本藩主・加藤清正は豊臣秀吉の命を受け、文禄元年（一五九二）朝鮮に出兵した。そのとき、綿布二、三千反を至急織って送るよう書状を国元の重臣たちに送っている。また、紺屋《こんや》（染め物屋）を派遣するよう指示し、いずれも高瀬が重要な役目を果たしている。

絞り木綿はその後、尾張の有松《ありまつ》や鳴海《なるみ》で大発展をとげ、今日、有松絞りと鳴海絞りとして有名になっている。その源流は高瀬にあった。

では、なにゆえ高瀬の絞り木綿が尾張の有松、鳴海に伝わったのだろうか。ここでも加藤清正が顔を出す。清正は徳川家康の意を受け名古屋城の石垣構築の重責をになった。そのとき、熊本の絞りの文化が移ったのである。

「母上、この色と模様……。見てください。すばらしいですわ」

玉子は広げた青い布を高く掲げて、太陽に透かしたまままいつまでも模様に見入っていた。

「玉子は絞り染めが気に入ったようですね」

絞り染めがわが子の心をこれほどとらえるとはセキも思っていなかった。

「もちろん気に入りました」

玉子は藍液に浸けた、いわば泥だらけの布地が水中で一変して模様が浮き出る絞り染めに驚嘆し、魅了された。染色美との遭遇だった。

「母上、今度はわたしに最初から準備させてください」

柄を出すため、布地を糸でつまんで巻きあげる最初からの作業に挑戦したいと思っていた。朝顔のような大輪の模様を想像するだけで楽しかった。

ところで、佐藤志津も子どものころ、藍染めに出会っていた。幼少の一時期、水戸の大叔母の北城家に身を寄せたが、この北城家は、「藍屋」の屋号で染物屋を営んでいたのである。

水戸は徳川御三家の所領であり、特有の染め物文化が栄えた地でもある。第二代藩主・水戸光圀《くに》は「梅里」と号したように梅の木を愛した。梅から作る烏梅《うばい》は胃腸薬、虫下し薬、咳止め薬と多様な効き目をあらわす薬であるが、その強酸作用から染色にもよく用いられる。これが藍染めに応用された。

志津は藍染めを介して美と出会った。

二人は場所こそ違え、染め物を通して美に遭遇した。

二人がみずからの人生を賭けた場面で出会うのは、まだ当分先の話である。

八

玉子が母親から、男女が共に学んでいる学校があるときいたのは十八歳のときだった。明治四年（一八七一）、温暖な高瀬の紅葉も終わりかけた初冬のころである。

「本当ですか。母上」

玉子は信じられずにききかえした。もし往来を妻が夫と歩いたとして――、めったにそういう機会はないが、妻は三歩も四歩も下がってついて行くのが常識だった。にもかかわらず、男女が一緒に学ぶという図はどうしても想像できなかった。

「本当ですよ。わたしもおどろきましたが、細川さまの城下では許されているようです」

これもご一新なのかしらとセキは言った。

慶応四年五月、上野で彰義隊の戦いが起き、幕府の残党は江戸から一掃された。そして、七月、江戸は東京と改称され、九月に明治と改元されて、維新の世の中となった。明治二年には版籍が幕府から朝廷に奉還され、廃藩置県の流れのなか、この年——明治四年七月に高瀬藩は本藩に吸収され熊本県となった。

玉子が江戸・鉄砲洲を離れてからというもの、時代は急旋回し、九州の一小都市に居ながらも、幕末から明治維新期の激しい世の移り変わりを実感できた。

「その学校は熊本にあるのですね」

玉子はたずねた。

「堀をへだてた城のすぐそばです」

「何という学校ですか」

高瀬では藩校の流れを汲《く》む学問所・自明堂が開校していたが、学ぶ機会が与えられているのはもちろん男だけだった。

「熊本洋学校といいます」

セキはよどみなく答え、

「何でも、外国の人が先生となって教えているとききました」

とつけ加えた。

——熊本洋学校……。

玉子は初めてきく学校の名前を胸のなかでくりかえしていた。外国人の教師というのも想像を超えている。その学校に行けば、何か新しい息吹に触れられるように思えた。

玉子はしばらく考えてから、

「母上、その熊本の学校にわたしも入れるでしょうか」

ときいた。

「そうですね……」

洋学校の話をすればこの子はきっと入りたがるだろうとセキは予想していた。昔から好奇心が旺盛《おうせい》な子どもだった。裁縫ひとつとっても、基礎を教えるとあとは自分で工夫して新しいものを縫いあげ、さらに高度な領域を目指していた。高瀬の伝統にちなんで教えた絞り木綿でも、染色の技はすでにセキを抜いていた。

「父上にきいてみないと何ともいえませんが」

セキは夫、尹胤と交際のある惣庄屋、木下初太郎の弟、竹崎律次郎を知っていた。律次郎は洋学校の設立に深くかかわっている。

また、セキは四男三女をもうけたが、次男の等照《ともてる》は細川藩士、戸川氏の養子に入って熊本に住んでいた。また、前年男子が生まれていて、明三《めいぞう》と名づけられていた。この明三は成長してのちの話になるが、秋骨《しゅうこつ》と号し、英文学者、評論家として活躍する。その素地をつくったのは玉子だった。

いま、この等照に頼めば住まいも確保できそうだから玉子一人が高瀬を離れても安心であった。

「ぜひお願いします」

という玉子の申し出に、日を経ずセキは玉子を伴って熊本に向かった。

熊本では長く藩校・時習館が藩士の教育にあたっていた。明治に入って洋学所を設置したものの、幕末の混乱のなかで時習館とともに廃止されていた。こうした事態に、熊本に新しい学問の場を、特に西洋の知識を吸収する学校を建てたいという動きが大きなうねりとなって生じてきた。藩知事の細川護久も積極的に後押しした。

かくしてアメリカからレロイ・ランシング・ジェーンズを教師として招聘し熊本洋学校が設立された。オハイオ州ニューフィラデルフィア生まれで、ウエスト・ポイント陸軍士官学校出身、三十四歳の壮年教師は軍人らしく筋骨たくましく、大柄で眼光は鋭かった。妻子を連れての来日だった。

洋学校のために熊本城近くに四千坪の敷地が確保され、九月一日に開校した。だが、校舎や寄宿舎、教師邸はまだ未完成で、仮の教室での授業だった。

ジェーンズは士官学校式教育をめざして、寄宿舎生活を原則とし、生徒に厳しい校則を課した。授業は、一人で英語、数学、物理、化学、地理、歴史、天文、生物など多方面の教科を受け持ち、すべて英語で講義した。

玉子が洋学校を訪ねたときには、校舎はほぼ完成していた。初めて目にする洋館だった。白くペンキで塗られた木造二階建て。階下にはテラス、二階にはベランダが設置されて、窓は大きく開放的だった。

——おもしろい造りだわ。

玉子はすぐにでも中に入って様子を眺めてみたい気になった。真新しい洋館をいつまでも仰ぎ見ていた。

玉子の応対に出てきたのは海老名喜三郎という人物だった。生徒の一人で玉子と同じような年回りである。

「ジェーンズ先生はすでにあなたのことは了解ずみです」

と言った。

「えっ、入学できるのですか」

玉子は思わず喜びの声をあげた。

「そうです。しかし、廊下でしか聴講できませんが、それでよろしいでしょうか」

海老名は細長い顔で申し訳なさそうに言った。

「教室の中には入れないのですね」

「そうです。すでに聴講している女性たちにもそれで我慢してもらっています」

「仕方がないですわ」

玉子は廊下でも何でも聴講できればいいと思った。

「女生徒は何人いるのですか」

玉子はたずねた。

「二人です」

横井みや（横井小楠の長女）と徳富初子《とくとみはつこ》（徳富蘇峰《そほう》の姉）だった。

この海老名は以前、洋学校に女生徒が学んでいるのに腹をたて、ジェーンズに女人禁制にするよう強く抗議したことがあった。

そのとき、ジェーンズは、

「Is your Mother, man or woman?」

君の母は男かね女かねときいたのだった。男女平等がジェーンズの哲学である。

「女であります」

と答えた。女である母親を蔑《ないがし》ろにできないのは自明の理だった。すぐに女人禁制を撤回した。

海老名喜三郎はのちに横井みやと結婚し、弾正《だんじょう》と名乗り、キリスト教の伝道者、教育者として知られた。晩年に第八代の同志社大学総長を務めた。

数日後から玉子は洋学校の片隅で授業を聴講した。

玉子はジェーンズ夫人から西洋料理と洋裁も習った。料理や裁縫は日本式とちがって興味を惹かれた。夫婦の邸宅も洋式の二階建てだった。広々とした室内の造りが玉子は気に入り毎日のように通った。

やがて玉子は夫人から熊本洋学校が横井左平太《さへいた》と大平《たいへい》という兄弟の尽力で創立された事実を知った。

玉子が横井左平太という名前をきいたのはこのときが初めてだった。まさかその人と結婚するようになるとは予想さえしていなかった。

九

玉子は熊本洋学校に通い英語で行なわれる授業を聴講した。廊下で聴く授業は寒さも身にしみたが、午後になれば大きなガラス窓からの陽射しは暖かく心地よかった。だが、慣れない英語に授業内容は理解できず、先輩格の横井みやと徳富初子に改めて教えてもらわねばならなかった。

ジェーンズの教育方針は、男女平等と原語（英語）授業だった。

ある日、ジェーンズは生徒たちに、

「きみたちの将来の目標は何か」

と問いかけた。

生徒たちは声を高くして、国家を動かすため軍人や政治家、役人を目指すと次々と答えた。青年なら誰もが夢見る職業だった。

「それではいけない。もっと自由な発想がほしい」

とジェーンズは叫んだ。

「国家の大計は役人ではなく民間にある。殖産興業こそ国家の礎となる」

ジェーンズにとって産業の育成は一大テーマだった。彼は実学精神のもと、熊本県当局に、養蚕、製糸、織物の事業を献策し、軌道に乗せている。さらに、アメリカから乳牛を輸入して生徒たちに飼育させ、牛乳を搾り、バターも作った。トマト、玉ねぎ、ピーナッツなども取り寄せ栽培した。

あるとき、玉子はジェーンズが庭に豆を蒔いているのに出会った。

「先生はどうして豆を植えるのですか」

という玉子の問いかけに、

「わたしは成長を見るのが好きなのだ。植物の成長を見て、人の成長を考えている」

と答えた。眼光は鋭いながら、教育の核心を実践の場で教える姿勢に玉子は好感を持った。

また、玉子はジェーンズ夫人から、

「日々の生活の充実こそ人生の基本です」

と常々教えられた。パンを焼き、ペリカンの卵、それに肉、牛乳を使った西洋料理を習った。ミシンも使いこなしシャツを縫った。

自由で新しいアメリカ文化との遭遇に玉子の毎日は充実していた。

その熊本洋学校に出入りしている一人の青年がいた。色白で額が広く、いかにも聡明そうな青年だった。横井左平太といい、アメリカから帰国したばかりの二十七歳で、生徒たちは一目も二目も置いていた。

左平太には弟の大平がいて、彼は洋学校の設立に奔走したものの、開校する五ヵ月前に死去していた。

二兄弟は実父の時明が死去して以来、叔父の横井小楠の元に養子として引きとられて育った。小楠は尊皇開国を唱えた肥後・実学党の指導者である。

幕臣、勝海舟をして、

「おれは、今までに天下で恐ろしいものを二人みた。それは横井小楠と西郷南洲《なんしゅう》（隆盛）だ」

と言わしめた人物である。

幕末・維新期の思想家として、また、風格ある教育者として、その先見性から、越前藩主・松平春嶽《しゅんがく》の政治顧問になり、坂本龍馬を含め幕末の多くの志士たちに影響を与えた。

慶応四年四月、明治新政府の参与に任ぜられて上京。翌明治二年一月五日、太政官に出仕して退朝の途上、駕籠が丸太町にさしかかったとき、尊皇攘夷派の志士くずれの刺客六人に襲われ暗殺された。キリスト教の信奉者であるとの誤解を受けての遭難といわれている。享年、六十一。

この小楠が慶応二年（一八六六）四月に、左平太、大平、海舟の長男・小鹿を含めた九名をフルベッキ（オランダ生まれのアメリカ人）と勝海舟の手引きで、アメリカに密航させた。

密航に際して横井小楠が二人に贈った漢詩が知られている。（書き下し文に変更）

「堯舜《ぎょうしゅん》孔子の道を明らかにし
西洋器械の術を尽くす
何ぞ富国に止まらん
何ぞ強兵に止まらん
大義を四海に布かんのみ」

善政の大道を究め、西洋の科学技術の神髄を吸収して活用すれば、富国強兵といった目先の課題を超えて天下の王道を世界中に広げられると詠んで励ました。壮大な精神である。

こうした桁外れの度量と発想を持った小楠の薫陶を受けて育ったのが左平太だった。

左平太は小楠の期待に背かずアメリカ文化を学んで帰国した。小楠亡きあと、左平太が横井家の家督を相続していた。

玉子はある日、講義が終わって洋学校の伝習室（講堂）の片隅で横井みやからいつものように補習を受けていた。

そのとき、

「みやさん、ここでしたか」

と左平太が軽い足取りで分厚い本を数冊抱えて入ってきた。色白で一見ひ弱そうな印象を受けるが声は太く、力強かった。

「動物書はあまりありませんでした」

言いながら左平太は机に本を置いた。

みやから見れば従兄弟にあたる左平太に英語版の動植物関係の資料を頼んでいたのだった。

こうしたとき、玉子は左平太といつでも話す機会があったが、挨拶を交わす程度でなぜかいつも話しそびれてしまっていた。

だが、この日は、動物ときいたので話す気になった。玉子には、人伝てにきいてどうしても信じられない馬の話があったのである。

「アメリカでは馬が車を曳いているといいますが、本当ですか」

と玉子は問いかけた。

左平太は意外な人物からの質問に一瞬言葉がつまったが、

「本当です」

と玉子を見つめて答えた。

「信じられません」

玉子は首を振った。牛車は何度も目にしたが馬が車を曳くところは見たためしがなかった。馬は荷物を背に載せて運ぶが、車は曳かない。

「馬車。英語ではキャリアージといいます。車を曳いて荷物や人を運びます」

左平太は言った。

日本において、馬車は幕末・維新期、横浜の外人居留地で外人や公使館員によって使いはじめられたが、まだ日本人には馴染みが薄かった。歴史的にみて、日本の在来馬は小馬で、いわゆるポニーである。馬車を曳くような大型馬は、将軍家が特別に輸入した数馬しかいなかった。

玉子の疑問は当時の運搬事情を考慮すると的を射ていた。

「アメリカの都市では、馬車が走る道路と人が歩く場所は区別されています」

事故を防ぐためですと左平太はつけくわえた。

「人が歩く場所……」

玉子はただただおどろいた。道は道であり、人も馬も牛も一緒に歩く場所で、それ以外に考えられなかった。

いつか鉄砲洲で福沢諭吉から、向こうにはこの国にないものがある。別の世界だ、ときいたことがある。その外国を見てきた人物が今、目の前にいるのである。玉子はそれだけで感激していた。

「人の道は舗道《ペイブメント》といって石で固められています。馬車は速く走りますからぶつかると非常に危険です。それに鉄の足で蹴られると命にかかわります」

と左平太は言った。

「鉄の足……、ですか」

玉子は首をひねった。

馬の蹄《ひづめ》を保護するための道具が蹄鉄《ていてつ》だったが、わが国で蹄鉄が普及したのは、陸軍を創設して西洋式の装蹄術が導入されて以来である。それまでは馬沓《うまぐつ》と呼ばれる、いわば馬用の草鞋《わらじ》を履かせていた。

普通の生活の場で何もかも違っていた。

「わたしも危うく蹴られそうになりましたが、ひらりとかわしました」

左平太は体をひねって見せ、小さく笑った。

このとき以来、玉子は左平太に何かとアメリカの文化や風俗、習慣についてきく機会が増えた。人前で抱擁する男女、五層建ての家、車輪をつけて運河を往来する蒸気船、蒸気機関車が牽引する鉄道など、次々ににわかには信じがたい話をきいた。

男女が親しく語り合うなど許されなかった時代ではあったが、玉子は相手が誰であれ、積極的に疑問をぶつけた。堂々と話し合うのが玉子の性分だった。

――楽しい人……。

玉子にとって、話の手品ができる人というのが左平太の印象だった。胸もときめいた。身近にいられたらどんなに楽しいだろうかと考えた。

十

玉子の身に思いがけない事態が発生した。

父の尹胤から呼ばれ、

「横井左平太さんのほうから婚姻の申し込みがきた。玉子はどうだ」

と告げられた。

玉子は一瞬わが耳を疑った。

時代は明治に入っていたが、元同じ細川家家臣で、支藩二百八十石取りの原家と本藩百五十石の横井家であってみれば、格の上で釣り合いがとれていると両家は判断したのだった。

「お願いいたします」

玉子は父親に向かって深く感謝しながら頭をさげた。歓喜に思わず涙があふれた。

――嘘《うそ》ではありませんように。

突然の幸運が壊れなければよいがと願っていた。

玉子と左平太は間もなく結婚した。この年――、明治五年（一八七二）、左平太は二十八歳、玉子は十九歳だった。

結婚後しばらくして左平太は、

「弟は熊本洋学校のために命を失ってしまった。教育の充実と発展なしにこの国に未来はないという信念を持っていた。また、養父、小楠の贐《はなむけ》の中に、『堯舜孔子の道を明らかにし』とあるのも教育の重視だと思っている」

二人の死を無駄にはしたくないとしみじみと語った。

左平太は弟、大平と一緒に渡米。渡航費用は、小楠の高弟、徳富一敬（ジャーナリスト・徳富蘇峰、文筆家・徳冨蘆花《ろか》兄弟の父）が捻出《ねんしゅつ》して渡した。このとき、二十二歳の左平太は伊勢佐太郎と変名を使い、十七歳の大平は沼川三郎と名乗った。インド洋から喜望峰、大西洋を経て、半年後にニューヨークに着いた。そして、アメリカ北東部のニュージャージー州・ニューブランズウイックにあるラトガース大学附属のグラマースクールに入学。日本人初の留学生だった。はじめは航海術、のちに政治学、法律を学んだ。

ところが、大平はアメリカで罹患《りかん》した肺結核のため明治二年（一八六九）の暮れに帰国。療養しながらも、熊本洋学校の設立のため、外国人教師の招聘にも熱心に取り組んだが、明治四年四月二十二日に二十二歳で死去した。

一方、左平太はメリーランド州の古い港町、アナポリスの海軍兵学校に転校してさらに法律や政治学などを学んでいたが、家督相続のため明治五年に帰国した。左平太の渡米中に明治維新が起こり、養父、小楠は暗殺された。時代も身辺も変容していたのである。

玉子は左平太の思いをただ神妙にきいていた。

「弟も洋学校を軌道に乗せ悔いはなかったにちがいない」

今はそう思いたいと左平太は言った。

そして、気をとり直すように、

「学校といえば、面白い学校がアメリカのフィラデルフィアにあった」

と口にした。

「女子の美術学校だ」

「女性だけが通う学校ですか」

玉子は女子学校の存在自体が不思議だった。アメリカは進んだ国だと漠然と思った。

「そう、女子だけが通う」

男子だけの学校は総合大学であれ兵学校であれ珍しくはなかった。女子の美術学校は、一八四八年（嘉永元年）に創立されたムーア美術大学で、世界唯一の女性のための美術大学だった。ペンシルベニア州南東端のフィラデルフィアに設立されていた。

「隣の州だが、川をへだてたすぐそばにあったものだからよく遊びに出かけたものだ」

左平太は楽しい思い出が甦ったのか声を弾ませていた。

「そうですの」

西洋ならそんな学校もあるだろうと玉子は女子の美術学校の話をさして気にも留めなかった。が、それは無意識下に大脳の襞《ひだ》に張りついた。

左平太のアメリカ土産は話だけにとどまらず、石鹼や鉛筆、鉱石、西洋蠟燭など物品類もあった。玉子はその珍しい土産品の数々を手に取っては飽かず眺めた。

その中に薄手の四角い大ぶりの布があった。淡い青の木綿地に紫色の花がちりばめられている。カトレアの花柄だった。

いつまでも見入っている玉子に左平太は微笑みかけた。

「気に入ったようだな。きみにあげよう。それはスカーフというものだ」

「スカーフ……」

玉子は鸚鵡《おうむ》返しにつぶやいた。アメリカらしい色と柄に魅せられていた。

「向こうの女性はこんな風に使っている」

左平太はスカーフを手にとり、みずから折り畳んで首に巻き、また、三角形にして頭にかぶって見せた。その場違いな恰好に玉子は思わず噴き出して笑った。つられて左平太が笑い、二人はいつまでも笑いが止まらなかった。

その後もしばらく玉子はスカーフに見入っていた。西洋の色彩感覚に酔っていた。

それから、二人の結婚生活は順調に推移し、熊本洋学校を中心にして教育に携わる生活基盤のまま月日は過ぎるかに見えた。ところが、政府の命令で左平太は明治六年（一八七三）になって再び渡米することとなった。帰国して一年も経っていなかった。

再度の渡米に周囲は
「重責だ」

として喝采した。

玉子には世間の称賛とは裏腹にもう少し新婚時代をともに過ごしたかったという思いも頭をかすめた。だが、それは胸の奥深くにしまいこんだ。

「海軍兵学校でさらに研究してこいとの政府の意向だ。母をよろしく頼む」

左平太は頭を下げた。

「お体をお大切に」

このとき、左平太をときおり襲う空咳も気になった。事情が許せば玉子もアメリカに同行したいほどだった。

左平太は航海術、法律、政治を修めるため、再びメリーランド州アナポリスに向けて旅立った。

左平太が渡米している間、玉子は左平太の義母、つせとともに暮らした。つせは惣庄屋、矢嶋家の出で多芸で聡明な女性だった。ほかに、つせの姉の順子（のちに熊本女学校創立）、久子（徳富蘇峰、蘆花兄弟の母）、また、妹の楫子《かじこ》（のちに女子学院初代校長）などがいて、小楠の薫陶を受けた教育熱心な一家だった。

小楠が福井藩主・松平春嶽に招聘されて提出した国是十二条に「学校を興せ」の一条がある。

教育が国の基本というのは、小楠の根本理念だった。玉子はこうした横井家の教育重視の環境の中で日々生活していた。

玉子は義母、つせのもと、裁縫、料理、茶道、作法などの婦芸をくまなく習得した。一日に三枚の和服を仕立てる技術を身につけたのはこの時期である。手先の器用さは天性の才だった。

ある日、つせは裁縫を始める前に、玉子に、

「今日は見せたいものがあります」

と言って深く息をついた。そして、用意した木箱の中から細長い紺色の布袋を取り出した。朱の紐を解き、静かに中の物を取り出した。短刀だった。

「夫の遺品です。抜いてみてごらんなさい」

つせは短刀を玉子に渡した。

玉子は両手に思いがけない重量を感じながら、一礼して鞘《さや》をはらった。刃渡りは八寸（約二十五センチ）はあっただろうか、不気味に光ったその中央部に三カ所の刃こぼれの跡があった。

「夫が遭難したときにできた疵《きず》です」

つせは言った。

玉子は病体でもあった小楠が寒中の京都で暗殺者に襲われ防御する場面を想像した。そして、命を落とすのである。

「わたしはこの疵が激動の時代を伝える証拠のように思えてなりません」

つせの言葉に玉子は黙ってうなずきながら刃こぼれをひとつひとつ眺めた。

——時代を牽引するのは容易ではない。

小楠の志を胸におさめて、慎重に短刀を鞘に差し入れた。

それから、二年後の明治八年（一八七五）六月、玉子は夫、左平太の帰国の報に接する。しかも元老院権少書記官に任ぜられていた。

——帰ってくる……。

玉子は、周囲がこれはめでたい。出世だという声に二年前の渡米のときとちがい、今度は素直に夫の出世を喜んだ。七月には正七位に叙された。

だが、左平太の凱旋《がいせん》帰郷は日延べされ、それどころか、東京に帰ったまま病に臥せっているという。

急遽、玉子は九月に上京した。

——これは……。

左平太を一目見て玉子は息を呑んだ。夫の人相は一変していた。頬骨が突き出て痩せ衰え、乾いた咳が止まらなかった。数年前、弟を看病中に肺結核に感染して、それが悪化したのだった。

「心配かけてすまない」

と左平太は寝床に横たわりながら断えず咳込んでいた。二年前にも空咳をしていたが、さらにひどくなっていた。

「どうぞ、ゆっくり休んでください」

玉子は左平太の手を握りしめた。冷たく骨張った手の感触は見知らぬ人の手だった。

「何もないが、これが土産だ」

左平太は枕元から鞄《かばん》を引き寄せて一枚の布を取り出した。スカーフだった。クリーム色の地にぼかしのかかった赤い薔薇が一面に散っていた。

「前のは木綿の粗末なスカーフだった。これは絹製だからずっと上等品だ。きみがあんまりスカーフを気に入っていたものだから」

左平太は力なく笑った。

「ありがとう……」

震えながら玉子はようやく言葉にした。涙をこらえたのは夫を案じればこそである。

数日後、左平太は大量に吐血してのち、十月三日に死去した。享年、三十一だった。今度こそともに暮らせると思った矢先、わずか二十日ばかりの看病で終わってしまった。

絹のスカーフが左平太の遺品となった。葬儀が終わって、会葬者が帰った後、玉子はただ一人、スカーフをずぶ濡れにして泣きあかした。二十二歳の未亡人は東京に一人残されたのである。

そのとき、

「わたしのところにいらっしゃい」

と声をかけた人物がいる。つせの妹、矢嶋楫子である。彼女は離婚後、実家に戻り、明治五年に兄、源助の看病のため上京していた。玉子より二十歳上で、教員伝習所に通って教育者の道を歩み始めていた。

玉子は猿楽町の楫子の家に落ち着いた。玉子はここでも教育者の空気を吸った。楫子との思わぬ縁が玉子のその後の人生を決定づけるのである。

十一

千葉、佐倉順天堂の佐藤志津は夫、進の異変を感じ取っていた。

明治二年（一八六九）の新年を迎えていた。ここ数カ月、進は時代の波に翻弄されていた。前年の一月に戊辰戦争が始まって以来、進は父、尚中とともに会津中屋敷で会津兵の治療に当たっていたかと思うと、六月には奥羽追討陸軍病院頭取を命じられ、尚中の弟子で佐倉藩医だった倉次元意《なみげんい》をともない白河・三春に赴き、官軍の治療に当たった。幕府方についたかと思うと、一転して、本意ではないが官軍の応援に出かけたのである。

奥州から帰った進は兵部大輔《ひょうぶたいふ》、大村益次郎から感状《かんじょう》（功績証）を授与された。二十四歳の若輩者にはこの上ない名誉だったが進の気は晴れなかった。

「どうですか、お味は？」

志津は食事中の進に問いかけた。

「うん……」

いきなりきかれて進は箸を止め、戸惑った様子だった。

「いかがですか、今夜の鯖《さば》のお味は？」

「う、うん。よい。よいと思う」

「そうでしょうか。今日はいつものお味噌が切れて別のを使っています。気づかれて叱《しか》られると覚悟していました」

志津はなおも続けた。

「鯖の味噌煮に目のないあなたです。それが、お味噌が変わったことがわからないとは……」

何かあったのではありませんかと志津はきいた。

進はしばらく考えていたが、箸を置いて、

「こたびの奥羽出張でわが国の医学の水準がじつに未熟であると痛感させられた。ついては西洋に留学して最新の医学を修めたいと考えている」

と言った。進は三春で鹿児島人の傷病兵を多数治療したが助命するのが難しかった。刀や槍、弓矢の傷ならまだしも、小銃や大砲による銃創、裂傷、貫通創は傷口が化膿し、その毒が全身をめぐるのを防げず、命を救えなかった。ところが、イギリス人医師が伝えた薬剤の力を借りると傷口の手当てもさることながら、手術後の経過も安心して見ていられた。これは「消毒」によるものだが、当時、日本にはまだこの方法はなかった。進は医術の差を見せつけられたのだった。

「それと……。ここにいるのがつらいのだ」

進の声は小さくききとりにくかった。

「つらい……?」

志津は問い返した。

「仏壇の位牌《いはい》を目にするたびに思い出してしまう」

長男、八十太郎は二ヵ月に満たない短い一生を終えている。

志津は夫の落胆と衝撃が続いていたのを知った。それは志津とて同じだったが口にはしなかった。夫婦で萎《しお》れていても始まらない。夫を支えてこその妻と考えた。

「わかりました。わたしは留学に賛成です。しかし、父上の意向はいかがなのですか」

「それはきいてみないとわからない」

だが、おそらく許可されるだろうと進は楽観していた。父、尚中は義父である泰然に長崎留学を申し出て反対されたが、それでも留学した経緯がある。長崎とドイツでは規模が違うが、留学に対し理解がある。その上、進取の気にあふれているから、反対はしないはずだった。

進は話し終えて気が楽になったのか、

「向こうへ行くとこれが食べられなくなる。それが少し淋しい」

と冗談交じりに言って、箸を取って鯖の味噌煮に手を伸ばした。

ところが思いがけない事態が尚中の身辺に起こった。太政官より内々に医学教育にたずさわるよう打診があったのである。

政府は近代医学をわが国に導入するにあたり、「佐倉は江戸まさり」といわれた日本一の医学水準にある佐倉順天堂の力を借りたかったのだった。

尚中が東京に出て任を果たすとなると、佐倉順天堂を守る医者がいなくなる。婿の進が佐倉を切り盛りするのが一番ふさわしかった。だが、留学を固く決意した進は恐る恐るドイツ留学を尚中に持ち出した。

尚中はただでさえ大きな目をさらにみひらいて進を見つめた。

やがて、

「歴史は繰り返すようだな」

と尚中はわずかに苦笑いを浮かべた。

「わたしが父、泰然に長崎留学を申し出たとき、この佐倉は新しい土地に新病院を建設したばかりで大事《おおごと》だった」

佐藤家は多忙で人の手も借りたいほどだった。にもかかわらず、尚中は強引に目的地に向かった。

「歴史は繰り返すようだ」

再び、尚中は口にして、

「ドイツへ行きたまえ」

と言った。

「えっ、この佐倉のほうはどうされますか」

進の心配はそこにある。

「わたしは病気だ。仮病をつかう」

幕府に恩義のある尚中に新政府の申し出はことわるしかない。

「しかし政府は父上の力が頼りです。いつまでも申し出を放置はできないでしょう」

「そうなったら東京へ行く。そのときは岡本道庵にこの佐倉の切り盛りは頼んでみよう」

あの男なら立派に大役を果してくれるだろうと言った。進の義弟にもあたる。

進の留学が決まった。

「それはよかったですね」

志津は素直に夫の留学を喜んだ。

「精一杯学んでくるつもりだ」

進は晴々としていた。

志津は気をつけてと旅立ちのねぎらいの言葉をかけるばかりである。夫と離れ離れの生活が始まるのだがその実感はまだなかった。

進は二月に佐倉を出発し、横浜の祖父・泰然宅に身を寄せた。だが、新政府の不慣れで旅券がおりなかった。六月二十一日にようやく手配がついて、横浜港を出帆。アメリカを経由してドイツへ向かった。

一方、志津は結局、大学東校《とうこう》（のちの東大医学部）で大学博士の任に就くこととなった父、尚中に呼ばれて佐倉を離れ、新しい都・東京での新生活が始まった。

その後――、進は丸六年という思いがけない長期のドイツ留学を終えて、明治八年（一八七五）八月に帰国した。志津は夫を父、尚中が病床についている東京・駒込の自宅に迎えた。

同じ年、横井玉子の夫、左平太は大量に吐血してのち、十月三日に死去した

この明治八年――、佐藤志津と横井玉子は同じ東京の空の下に暮らしていた。

第三章　美校誕生

一

横井玉子は、明治二十二年（一八八九）六月のなかば、洋画家、浅井忠の神田区西小川町の家に来ていた。梅雨の最中とあって、一週間ほど前から長雨が続いていた。通された部屋は庭に面した十畳ほどの広間で、軒先が深く突き出た造りになっていて庇《ひさし》から間断なく大粒の雫《しずく》が落ちていた。庭は案外広く、奥まったあたりに紫陽花《あじさい》が咲いて、藍色の丸い大きな花籠《はなかご》を作っていた。それも降りしきる雨に遮られ霞《かす》んでいる。

この日は蒸し暑く鬱陶《うっとう》しい陽気だったが、玉子の心は晴々としていた。

――どんな人なのかしら。

初めて会う人物に何か新鮮な展開が予感できた。玉子は初対面の人間に、それが女であれ、男であれ、臆《おく》することはなかった。むしろ新しい発見のとば口のように思え、楽しむ気持ちが先に立った。

浅井を紹介してくれたのは、洋画塾を主宰している本多錦吉郎《ほんだきんきちろう》だった。浅井とは長年の付き合いである。

玉子は上京してから、小笠原流の高等礼式作法をはじめ、箏曲《そうきょく》、裁縫、古流茶道、華道など、あらゆる婦芸の習得につとめた。それまで熊本において、義母の叔母にあたる横井小楠の妻、つせや熊本洋学校校長、ジェーンズの夫人から習った裁縫（和裁、洋裁）、料理（日本料理、西洋料理）、茶道、作法などがどれほど役立ったか知れなかった。

一方で絵画への興味が高まり、本多錦吉郎の主宰する画塾に入門して水彩画を学んでいたのだった。

紫陽花をぼんやり眺めている玉子の視野のなかに、なで肩で着流し姿の似合った男が入ってきて、そのまま玉子の対面に座った。色白、面長の顔に口髭《くちひげ》をたくわえ、短髪を七三に分けて整えていた。やさしい眼差しながら、口元を引締めいかにも意志の強さを秘めている風だった。

玉子は礼式にのっとり丁重に挨拶した。

「学校にお勤めしているときききました」

お互いの挨拶が済んで、浅井は背筋を伸ばし、よく通る声でたずねた。

「はい、築地居留地の新栄《しんさかえ》女学校に勤めています」

玉子は答えた。この学校には四年前から勤務し、礼式、裁縫を教え、事務監督も担当していた。

「築地居留地……。では鉄砲洲のそばではありませんか」

「そうです」

いきなり出てきた地名に玉子はおどろいた。

――鉄砲洲……。

懐かしいその地名を玉子は胸のなかでつぶやいた。

「浅井先生は鉄砲洲と何かご縁がおありなのですか」

「鉄砲洲や銀座、西本願寺の境内は子どものころよく遊んだ場所です」

浅井は安政三年（一八五六）江戸・木挽町の佐倉藩邸内で生まれた。玉子より二歳下だった。幕末の動乱のなか、藩命で佐倉に引き上げた。画才が認められ、佐倉藩の絵師、黒沼槐山から日本画を習うことになる。佐倉順天堂から依頼され、解剖図を模写して塾生たちに重宝がられもした。

「いつも、佃の渡しまで出かけ釣りに興じたものです」

凧あげ、独楽まわし、鬼ごっこなどでも遊んだという。浅井は八歳まで木挽町で暮らした。幼少期の思い出が詰まっている場所だった。

「では、あそこに細川藩邸があったのをご存じですか」

「もちろんです。鉄砲洲橋を渡ってすぐ右側でした。広い邸内に潜りこんで何度叱られたかしれません」

浅井は照れ笑いを浮かべた。

「わたしはあの藩邸で生まれました」

「なに……」

浅井は目を見開いて玉子を見つめた。しかし、たちまちそれは知己に出会って喜ぶのに似た親しみをこめた眼差しに変わった。

江戸・鉄砲洲を引き上げ、熊本・高瀬に暮らしていた玉子は、明治九年に父、尹胤、母、セキなどと一家あげて上京した。玉子にとっては夫、左平太を看取《みと》って以来の再上京だった。愛宕下《あたごした》に居をさだめ原家の東京での生活が始まった。

「すると、その昔、わたしたちは鉄砲洲か銀座辺《あたり》ですれ違っていたかもしれませんね」

浅井は言った。

「本当に……」

玉子も佃の渡しや西本願寺、銀座でよく遊んだ口である。

二人には同じ銀座地区に生まれたという同郷意識が自然と芽生えていた。

「明治維新後、鉄砲洲周辺ほど風景が一変した場所はないでしょう」

浅井の感想だった。

外国人居留地の指定を受け、武家屋敷は取り壊されて整然と区画整理された土地に、アメリカ公使館をはじめ、教会、学校、宣教師や外国人の住宅が立ち並んだ。日本のなかの異国だった。

その異国の地——築地居留地（現・中央区明石町）で玉子は職を得た。

——ふるさと鉄砲洲。

自分が生まれた江戸の一画にふたたび舞い戻って働く奇縁を喜び、また感動したものである。

鉄砲洲を離れるときは、二度と江戸の地を踏む機会はないと思っていた。

女学校の職場を紹介したのは親戚筋の矢嶋楫子である。横井小楠の妻、つせの妹で東京での教員暮らしが長かった。

玉子はまず、明治十八年に海岸女学校(のちの青山学院)で礼式を教え、さらに、新栄女学校で教鞭をとるようになった。キリスト教が根付いている外国人居留地だけに、いずれもミッションスクールだった。翌年の明治十九年には東京府師範学校教員資格試験に合格した。

この間、明治十二年(一八七九)玉子は宣教師、ワデルによって東京芝の教会で洗礼を受けている。玉子が熊本で暮らした高瀬はキリシタン大名、大友宗麟が制圧していた時期もあり、また、長崎に住む宣教師が豊後に至る道筋で必ず立ち寄る中継地だった。キリシタン文化の色濃く残る高瀬で過ごし、さらに熊本洋学校で学んだ玉子にキリスト教精神は自然と受け入れられた。受洗に抵抗感はなかった。

思い返せば、夫の死から十四年の年月が経過している。二十二歳で未亡人となって、今は三十六歳になっていた。

——あっという間だった。

長い年月のはずだったが、なぜか長さを感じなかった。若くして未亡人になった女が再婚もせずひとり生きるについては、困難や辛苦、さらには数々の誘惑も体験した。しかし、それもあっという間に思えた。必死に生きていて後ろを振り返る時間がなかったような気がした。

雨が急に激しく降りだした。ひとしきり雨音が高まり、軒先からの雫も大粒になる。

浅井は立ち上がって障子戸を閉めた。

「横井さんの学校では英語を教えていますね」

浅井は座布団に戻ってきいた。

「ええ、大事な科目です」

外国人居留地のミッションスクールとあれば英語は重視されている。

「わたしもこの東京で英語を学んだ時期があります」

浅井は言った。

「えっ、絵を習いに上京されたのではないのですか」

「ちがいます。英学を習いたかったのです」

浅井は明治六年（一八七三）、十八歳のとき、同僚とともに英学を志し東京に遊学した。

「ですが、絵画への思いは断ち切れませんでした」

明治九年にイギリス帰りの国沢新九郎《くにさわしんくろう》が主宰する画塾・彰技堂《しょうぎどう》に入門して洋画研究に入った。

ここにこのたび玉子を浅井に紹介した本多錦吉郎も習っていて同門となった。が、半年ほどして、開校したばかりの工部省工部美術学校に入学し、イタリア人画教師・フォンタネージのもとで学んだ。その後、画業の研鑽《けんさん》に励み、わが国の洋画界を牽引する一人になった。

「油絵を習いたいという話ですね」

浅井は玉子にたずねた。

「ええ、水彩画を本多先生からご指導いただいていますが、油絵への志望をご相談したところ、浅井先生を紹介していただいたのです」

「そうですか。ところで、横井さんはなぜ絵画に興味をいだきましたか」

「それは」

と言いかけて、玉子は少し考えを頭のなかでまとめた。

「美しいと感じた対象を紙の上に再現する、その創作活動に魅せられました」

美を紙上に彩色して自分の趣味と感性で描く活動は自分を豊かにすると実感できた。裁縫や料理とは別種の幸福感をおぼえた。

「でも、基本は絵を描くことが好きなのです。それだけかもしれません」

「それは大事な要素です。いや、一番大事です」

そう言って浅井はかたわらに置かれた絵の道具箱から細身の絵筆と一枚の紙をとった。そして、黒い絵具を絵皿に溶いて絵筆に含ませた。

「ここに横一本の直線を描いてみてください」

玉子の前に一枚の紙を置いて、絵皿と絵筆を渡した。

玉子は急な申し出に戸惑いながらも精神を統一して、紙に筆を当て慎重に一本棒を引いた。紙の上に直線の横棒が描かれた。玉子はぶれのない、幅の一定した線引きを心がけたつもりだった。

だが、一部に歪みが生じていた。

——これは……。

玉子には満足できなかった。

浅井は紙を手にしてしばらくその線を眺めていた。

「なかなかの出来です。突然、それも不慣れな絵筆を渡されてこれだけの正しい線が描けるのは、あなたに絵心が備わっている証拠です」

わたしが同じことをしたらこれだけ上手に描けるかどうか心配ですと小さく笑った。そして、これからも絵を続けてくださいと言った。

玉子は黙って礼をした。

「わたしは絵を描く上で最も大事なのは直線引きと考えています。真っ直ぐができなければ変化を感じ取る技はつかめません。ましてや曲線の妙味は出せません」

それは師、黒沼槐山の教えでもあった。師匠からは徹底して直線引きを叩きこまれた。破綻と歪みのない線が引けるようになったとき、絵の世界が少し分かったように思われた。この習練は色と色との境目で線を形成する洋画の手法でも大いに役立った。

「どうぞわたしの塾に通ってきてください。しかし、今いったように直線引きばかりさせられて閉口するかもしれませんね」

「それはかまいません。先生のご指導に従います」

玉子はお辞儀をして言葉を継いだ。

「好きな絵の腕を少しはあげて、できれば生徒たちに教えられればと思います」

玉子のひとつの目標だった。

「できますよ。あなたなら」

と浅井は即答した。

その浅井の想像通り、玉子は絵画の基本となる素描や写生、構想、題材の処理と工夫、さらに下塗り、彩色の技法を習得し、やがて、学生に教授できるまでに上達した。絵画の習得は玉子の感性と人間の幅を広げ、有形無形に玉子を育てた。

浅井との出会いと好きで傾倒した絵画の世界が、その後の人生を左右するとは、このとき、玉子自身、何も予想していなかった。

この頃、矢嶋楫子は玉子の勤務する新栄女学校同様、築地居留地にあった桜井女学校の運営に深くかかわっていた。桜井女学校と新栄女学校は、この年——明治二十二年九月に合併して女子学院となった。初代院長には五十六歳の矢嶋楫子が就いたが、彼女は東京基督《キリスト》教婦人矯風《きょうふう》会（明治二十六年より日本基督教婦人矯風会）を創設して、その会長として廃娼運動や一夫一婦制の確立、禁煙運動、女性解放などの活動に忙殺されていたため、事実上、学校の運営は幹事兼舎監を務めていた玉子の手腕に委ねられたのだった。玉子はこの女子学院で礼式と裁縫、割烹《かっぽう》の授業を受け持った。さらにその後、洋画の授業も担当した。浅井の指導もあって絵画の教授法も会得したのである。当時、女絵画教師は稀有《けう》な存在だった。

玉子はこの日、浅井への入門を許された。一安心だった。強い雨の降るなか、小川町の自宅を訪ねた甲斐があったというものだった。しかし、玉子の訪問にはもうひとつ用件があった。

「先生は先ごろ明治美術会を結成されましたね」

玉子はおもむろに切り出した。

日本では鹿鳴館《ろくめいかん》に代表される行き過ぎた洋風化の反動で、国粋主義が台頭していた。浅井らの洋風美術家は、国粋主義による洋画の排斥に危機感を覚えた。この年、二月に開校した東京美術学校は、純日本風美術の教育をめざしたため洋画部門は設置されなかった。そこで、洋風画の振興を図るべく、三十余名が集まり渡辺洪基《わたなべこうき》を会頭に推して五月に「明治美術会」を立ち上げた。会は設立されたばかりだった。

「洋風画を振興させねば洋画家の未来はありません。その拠点が明治美術会です」

浅井は神妙に口にし、

「その明治美術会に何か？」

やや怪訝そうに問いかけた。

「僭越《せんえつ》かもしれませんが、わたしも明治美術会に加入させていただければと思うのです」

玉子はキリスト教による男女平等や自由の精神を学ぶ過程で社会活動に関心を持った。その素地として、矢嶋楫子との交流や夫、左平太からきいたアメリカ体験、つせから教えられた横井小楠の為政感などを抜きにして社会活動への関心は考えられなかった。

玉子は明治美術会の設立をたまたま新聞で知った。それから間もなく本多錦吉郎から浅井を紹介された。明治美術会は浅井が中心になって立ち上げた会だった。もちろん明治美術会は洋画家の親睦団体ではあるが、画家の権利確保、地位向上を目指す上では社会運動を兼ねている。玉子は絵画を習得するのとは別に、こうした社会運動の中に身を置きたいという気持ちがあった。それも浅井が中心の会であれば、なおさらである。

「明治美術会に加入……」

いきなりの申し出に浅井はわずかに戸惑いを見せた。

その様子に、玉子は、

「ご迷惑でしたらやめます。もし門戸が開かれるのならと思ったものですから」

と控え目に言った。

「まだ細かい会則は決まっていませんが、門戸は女性にも開く予定です。締め出す理由は何もありません」

しかし、と言って浅井は玉子を真っ直ぐ見つめた。

「しかし、横井さんはなぜ加入を考えられたのですか」

この時代、女性が表に出て働くだけで珍しいのに、親睦会とはいえ団体に入会を希望するなどまず考えられなかった。

「絵画界の状況を少しでも知りたいと思ったのです。それから東京美術学校は女性の入学を認めていません。このことを先生はどう思われますか」

この年――明治二十二年二月に官立東京美術学校が開校した。絵画、彫刻、建築、図案について指導者の養成を目指した。ところがこの学校では女性の入学を認めなかった。しかし、それ以前にあった工部省工部美術学校は女子の入学を許していた。浅井もこの学校で学んでいる。また、芸術関係で美術学校同様に設置された東京音楽学校は女性の入学を許可していた。

男女は平等であるべきというのが玉子の考えである。熊本洋学校は男女共学だった。ならば、東京美術学校も女子の入学を許可して当然である。

「入学に条件をつけるというのは、わたしも反対だ。女性の入学を認めない理由がわからない」

浅井は首を振った。このとき、玉子の明治美術会への加入は認められたも同然だった。

「先生がそういうお考えをお持ちと知って、安心しました」

玉子は浅井に、より一層の親近感を抱いた。

「いずれ明治美術会主催の展覧会を開く計画ですが、そこでは女流画家の展示も予定しています」

場所は未定だが秋にも第一回の展覧会を開きたいという。

「それは何よりです。東京美術学校も女性の参加を認める度量があればいいのですが」

「それはかなり先になるでしょう」

浅井は悲観的だった。

歴史的には、東京美術学校が女子の入学を許可したのは、第二次世界大戦が終了した翌年の昭和二十一年（一九四六）だった。実に五十七年にわたり門戸を閉ざしていた。

玉子が女子のための美術学校を設置する必要性を漠然とながら感じたのは、この東京美術学校の女性閉め出しだった。

二

築地の外国人居留地では、昼休みともなるとあちこちの学校からオルガンの音色がきこえてきた。馬車が往き交い、流暢《りゅうちょう》な外国語がきこえる。チャペルの鐘も時を告げた。立ち並ぶ洋館は玉子が学んだ熊本洋学校の建物を思わせ、また寄宿舎はジェーンズ夫婦宅を二まわりも、三まわりも大きくした感じの造りだった。万事が異国情緒にあふれていた。

玉子は築地のこの雰囲気が気にいっていたし、居心地よかった。

この日、玉子は昼食を終えて新栄女学校の庭に出た。梅雨も終わりかけて夏の陽射しが白く塗られた校舎の外壁に反射していた。庭には、洋風にしつらえられた花壇の脇に野鳥用の餌台が設置されている。玉子が手作りした台で、朝方、この台に餌を置くのが日課だった。ほどなく鳥が警戒しながら飛来するが、一番初めに来る鳥は決まっていた。一番鳥が食べ終わるころ、次は一斉に鳥たちが飛来した。玉子は、鳥の世界にも序列や役割分担があるのだといつも感心させられた。

この鳥たちの食べ残しの餌を掃除するのも、玉子の昼休みの仕事のひとつだった。ついでに花壇の雑草を取ったりもする。

玉子は掃除を終え、校舎の事務室に戻って柱時計に目をやった。

この日、矢嶋楫子が人を連れて訪ねてくる予定になっていた。その時間がせまっている。

矢嶋楫子は、

「あなたに紹介したい男性がいる」

と言うばかりで、名前や職業、年齢を伝えなかった。

玉子はそれを先入観を持たせまいとする彼女らしい配慮だと好ましく思っていた。この時代、ふつう女子が男性と親しく口をきくことは不品行と思われていた。まして女が男を紹介したりしないものだった。進んだ矢嶋楫子の精神も好ましかった。

やがてドアが開き、矢嶋楫子が顔をのぞかせ、遅れて一人の男が入ってきた。

男は背丈が高く、軽快な動きだった。眉は太く、大きな瞳は黒目が勝っていた。それよりも何よりも男を印象づけるのは、揉み上げから顎の先まで伸ばした濃い不精髭だった。

三十代半ば過ぎの玉子よりひと回りほど若い年回りだった。

──魅力的な人……。

もちろんそんな言葉は口には出せないが、玉子は初対面の相手さえ魂を鷲掴《わしづか》みする不思議な雰囲気を備えている男性だと思った。

「こちらは巌本善治《いわもとよしはる》さんです」

矢嶋楫子は男を玉子に紹介した。

「はじめまして」

巌本と紹介された男はきびきびした動作で頭をさげた。血色のよい艶《つや》のある唇から吐き出された声は案外女性的でやさしい声音だった。

矢嶋楫子は、明治十八年七月に創刊された女性啓蒙《けいもう》誌『女学雑誌』を巌本が主宰し、また、雑誌刊行の二ヵ月後に設立された明治女学校の教頭を務めていると説明した。

「巌本さんは二十七歳の若さに似合わず、女性を応援するために多彩な活動をされている方です。玉子さんも『女学雑誌』を読んだことがあるでしょう」

矢嶋楫子はきいた。

「もちろん、あります。情熱と哲学を感じます」

玉子は毎号読んでいるわけではないが、そこに展開されている精神や思想は強く支持できた。

すると、巌本が黒く丸い瞳を悪戯《いたずら》そうにしばたたきながら、

「わたしがなぜ女性誌を創刊したと思われますか」

と玉子に問いかけた。

「女性の解放と自立を願ったからではありませんか」

玉子はひどく真剣に応じた。

「そうです。しかし、本当をいいますと、わたしは女性が好きなのです。ですから女性雑誌の編集長をし、女学校を立ち上げたのです」

巌本はなめらかに答えた。

玉子は目の前の男を見つめた。初対面にかかわらず、これだけはっきり物を言う男は、かなりの愚か者か、並はずれた傑物かのどちらかにちがいないと思った。しかし、他でもない矢嶋楫子の連れてきた人物である。傑物と思いたかった。

「あなたはわが国を豊かにし、個人が自立する上で大事なものは何だと考えられますか」

巌本はいきなりきいた。

玉子はしばらく思いをめぐらせていたが、やがて顔をあげて言った。

「堯舜孔子の道を明らかにし、西洋器械の術を尽くす。何ぞ富国に止まらん。何ぞ強兵に止まらん。大義を四海に布《し》かんのみ」

玉子は夫、左平太からきいていたアメリカ密航に際し横井小楠が贈った餞《はなむけ》の漢詩を唱えた。玉子自身、気にいっていて、それが咄嗟《とっさ》に口をついて出たのだった。堯舜孔子に代表される徳の道を世界に広げることが今こそ大事という発想である。この精神がどんな状況であれ国を富ませると玉子は信じていた。巌本を傑物と思えばこその応対だった。

　巌本は恐いものでも眺めるように玉子を凝視したままだった。

「そんな意見をいう人にはじめて会いました。それは横井小楠の言葉です。なぜ、あなたはそれをご存じですか」

「小楠はわたしの義理の父です。巌本さんこそ、なぜこの言葉が小楠の言葉だと知っているのです」

「それは」

　と巌本は居住まいをただして続けた。

「わたしはその横井小楠を西郷隆盛とならべて、恐ろしいものと評して尊敬した勝海舟の家に足しげく通っている者です」

　巌本は女性の啓蒙活動に入る前は新聞記者をしていて、明治二十年の夏から勝海舟の赤坂・氷川の邸宅に出入りしていた。そして、勝が死去する明治三十二年一月十九日のその日まで交流が続いた。その間、『女学雑誌』に海舟の聞き書き懐古談を掲載した。それは、今日、『海舟座談』として読むことができる。巌本なくして幕末・維新の秘話は残らなかったといえる。

「巌本さんは富国の道筋をどうとらえていますか」

　玉子はたずねた。

「そこです。わたしは家庭だと考えます。各家庭の充実がひいては国を豊かにするのです。一家整って一国整い、一家和して一国和し、一家強くして一国強くなるのです」

巌本は持論の家庭を基盤とした国家建設論を披瀝《ひれき》した。

「さらにいえば、家庭内の美術が重要です」

「美術？　絵画ですか」

「いいえ、絵画だけではありません。美術とは音楽、彫刻、詩歌、小説、演劇、建築など、生活を豊かに楽しくするものはすべてふくまれます」

これも巌本の持論だった。

さらに巌本は美術の世界にまつわる音楽や詩歌など、個々にわたり意見を述べて軽快な足取りで帰って行った。

「どう、あの人？」

巌本が帰ってしばらくして矢嶋楫子がきいた。

「なかなか素敵な男性でしょ。来月、結婚する予定らしいわ」

相手はバーネット作『小公子』を初訳した若松賤子《しずこ》だった。バイオリニスト、巌本真理は孫にあたる。

浅井忠といい、巌本善治といい、世に魅力ある男性はいるものだと玉子はあらためて感じていた。

この年の秋、玉子は浅井忠から一通の葉書を受け取った。浅井らの明治美術会の第一回展覧会を開催する通知である。十月十九日より十月二十九日まで、上野不忍池畔の共同競馬会社馬見所で開かれるという内容だった。

——女流画家の展示もあるのかしら。

玉子は浅井の出品作を鑑賞したいという気持ちとは別に、そんな関心も抱いた。

同じ便りを佐藤志津も駒込の自宅で受け取っていた。夫の進は順天堂の堂主として治療と研究、指導に専念していた。ドイツ帰りの進の声望は高まり、医者の見立て番付で外科の第一位に置かれていた。明治二十一年、学位令が実施された最初の年に医学博士号を授与されていて、名実ともに医学界の第一人者になっていた。

進は葉書を手にして、

「おう、浅井くんが……。展覧会を開くまでになったのか」

ぜひ行ってみたいものだと言った。

「あなたがそれほど積極的にいわれるとは思いませんでした」

夫が絵に関心を示したのは志津には意外だった。医学だけに邁進してきた印象がある。志津は浅井忠に佐倉時代以来、もう十九年会っていない。弟の百太郎に似て、色白でやさしいまなざしを持っていた。その人物に久し振りに会えるのは楽しみだった。

「佐倉が生んだ画家だ。見たいのは当然だ」

進は強い口調だった。

だが、開催日前日に発生した重大事件のため、進はついに展覧会に行けなかったのである。

三

明治二十二年（一八八九）十月十八日、順天堂医院長、佐藤進は洋食屋『富士見軒』の一室で早めの夕食を摂《と》っていた。金曜日のこの日、進は午後の診療を切りあげて、石黒忠悳《ただのり》、池田謙《けん》斎《さい》、伊東方成、戸塚文海、長谷川泰らの医界の実力者たちとの会食に臨んでいた。大日本医学会を創立して、医学界の親睦を図り、医師の資質向上と医業の権益を強化拡充するための相談会だった。西洋医の将来を安定、発展させるためにも重要な初めての会合だった。時間は四時半を過ぎ、会はなごやかで実りある内容で進行していた。

佐藤進が運ばれた厚切りの焼牛肉《ステーキ》にちょうどナイフを入れたときだった。

官庁の制服を着た若い男が部屋に飛び込んできた。足をもつれさせ転がり込んだといったほうが正確だった。

「池田先生と伊東先生に外務省にすぐ来ていただきたく存じます」

若い使者は血相を変えている。

「何があったのだ」

石黒が思わず立ち上がってきいた。四十代半ばで陸軍省医務局次長、軍医学校長を務めていて軍医界を牛耳っている人物だった。

「とにかく来ていただきたいとのことです」

外務省で調べたところ、先生たちがここに集まっているとわかりましたので駆けつけましたと使者は言った。

偶然ではあるが、確かに日本を代表する医者がこの西洋料理店に集まっていた。大日本医学会を創立させる初会合とあれば医学会の指導者たちが集まって当然かもしれない。

一同は事情がわからず途方に暮れていると、あわただしく別の使者が駆けつけてきた。

「佐藤先生にぜひ来ていただきたく存じます」

と言った。使者はただ伝令で来ただけで、なにゆえ佐藤を必要とするかの事情を知らなかった。

だが、一同は外科の佐藤が名指しされたので、何か怪我人が出たのではないかと想像した。

佐藤進はただちに使者とともに『富士見軒』から人力車で外務省に向かった。車夫は九段から霞が関をめざし猛スピードで走った。池田と伊東も後を追った。

外務省門前まで来ると大勢の人だかりがしていた。使者と進は車を降りて人を押し退《の》けようやく門の中に入った。

――たいへんな事件が起きたようだ。

そう思いながら、進は敷地内を進んだ。

ところが、外務省の建物の前も人だかりができていて、受付の係員が、面会者は入れないと押し問答をしている。

進も追い返されそうになったが、ちょうど居合わせた法学者の箕作麟祥《みつくりりんしょう》が、

「この人は医者の佐藤さんだ。入れなければならない」

と大声で叫んだ。箕作は佐藤泰然の孫娘と結婚しているので進の親戚筋にあたる。

このとき外務省の職員が進に気がつき建物の中へ案内した。職員は急ぐばかりで物も言わずに進の袖を引いて玄関の左側の広間に導いた。

そこで進は一切の事情を察知した。

長椅子に外務大臣・大隈重信が洋服のまま横たわって苦しそうに呻《うめ》き声をあげていた。ズボンの右足は裂かれ包帯が巻かれている。そばに大隈夫人や側近、それに、海軍軍医総監・高木兼寛《かねひろ》とお雇い医師・ベルツが控えていた。

進は大隈の容体を診察しながら、大隈が爆弾で襲われた事件の一部始終を職員から説明を受けた。

時代は条約改正に揺れていた。日本が幕末の安政年間に列強国と結んだ条約は関税の自主権はなく、外国人に裁判権を委ねるなど不平等な内容だった。日本の近代化と独立のためには不平等の呪縛から解放される必要があったが、不平等条約締結以来、手詰まり状態だった。そこへ大隈重信が登場し外務大臣として秘密裡に国別に交渉して、過渡的に一部の不利を残しつつも締結に

一定の成果をあげつつあった。ところが、この内容が英国の新聞に発表されてしまい、日本でも報道された。再度、反対運動が起こったのである。

この日、大隈重信は首相官邸の閣議を終えて外務省に戻るところだった。内閣でも条約改正反対派が大勢を占め、黒田清隆首相と大隈は孤立を深めていた。その大隈の乗った二頭立ての馬車が車輪と蹄《ひづめ》の音を響かせて、霞が関の外務省門前にさしかかった。そのとき、一人の男が駆け寄ってきて、御者が変事を察し馬に鞭《むち》をあてて門前で反転させたところに、馬車目がけて爆弾を投げつけた。破裂した爆弾は馬車を破壊し、大隈の右足を襲った。犯人は玄洋社の壮士、来島恒喜《くるしまつねき》(三十一歳)で、条約改正に反対して大隈の殺害を企てたのだった。暗殺が成功したと見て、その場で喉に短刀を突き立て自殺した。

この災禍のとき、偶然にも、海軍軍医総監・高木兼寛が人力車で通り合わせた。高木はこれより前、佐藤進らと一緒に『富士見軒』の会合に出席していた。それを中座して、海軍省に帰る途中にたまたま爆裂音をきいた。白煙のあがる中、外務省内に入り、最初に大隈を診察して救急処置を施している。痛み止めのモルヒネを打ち、気付けにブランデーを与えた。

進は大隈の右足を特に念入りに診察した。踝《くるぶし》と膝頭付近の骨が破壊されていた。

——これは……。

大隈の右足は相当深い傷を負っていた。膝下は力なく垂れ下がり、砕けた骨は内部でガタガタと音をたてた。放置しておくと化膿菌や骨の切片が全身にまわり命が危うくなる。

——これは切断するしかない。

進は大がかりな手術を想定した。

いつの間にか、陸軍軍医総監・橋本綱常《つなつね》や天皇の侍医を務めていた池田謙斎、同じく侍医の伊東方成と岩佐純も駆けつけてきていた。

医師団で治療方針を検討した。

「一刻も早く切断しなければ命にかかわる」

という進の考えが総意となった。

この方針に大隈夫人は、

「おまかせいたします」

と決断した。大隈自身も異存がない。

右足の切断は決まった。問題は誰がこの手術の執刀役を務めるかである。

「佐藤進先生にお願いする」

と言ったのは主任役の池田謙斎だった。池田は進より四歳上の四十九歳。明治初期に早々とドイツ留学を果たした医学界の重鎮である。大隈邸にもよく出入りしていて家族との交流も密だった。

進は三年前に伏見宮大妃の乳ガンを手術している。患部が小児の頭ほどあり、七十歳を越えて心臓に持病があるため全身麻酔は使えなかった。唯一、無麻酔下の手術しか道はなかったが、進はわずか三分で病巣を切除し、止血と縫合、包帯まで三十分以内で手術を成功させた。また、ドイツ留学中は志願して普仏戦争に従軍し、負傷兵の治療に当たった。修羅場を経験しているのが進だった。

こうした実績はあるものの、大隈の場合はもともと困難な症例で、その上、相手は条約改正という国家の根幹をになう政府要人とあって万が一にも失敗は許されなかった。

その上で池田は進を指名した。

「わかりました」

と言いつつ進は上着を脱いで準備に入った。

手術は一刻の猶予もなく、急遽、外務省の一室を手術室にしつらえた。盆栽用の台を手術台とし、石炭酸水の蒸気で室内を消毒した。手術にまつわる器材や薬物はすでに揃《そろ》えられていた。

「では、お願いします」

手術台の脇に立ち、厳かに進が宣言した。助手は池田、高木、橋本という医界の権威者が務めた。

午後七時五十五分にベルツによってクロロホルム麻酔がかけられた。災禍三時間半後の手術開始である。進は右膝関節部上の皮膚を切開して、筋肉を切り、止血しながらさらに深部にメスを入れた。大腿骨が剝《む》き出しとなる。

——いよいよか……。

修羅場をくぐり抜けているとはいえ、いざ大腿骨を切断するともなると進も一抹の感慨を覚えた。五十二歳の健康な外務大臣は生涯にわたり片足を失うのである。

「入ります」

進は鋸《のこぎり》を両手で拝むように持った。医師団が目顔でうなずいた。

鋸が引かれ、大隈の体が手術台をきしませながら左右に揺れるのを医師団が支えた。ほどなく太い骨は膝の上部で切断された。白い切断部が剝き出しになった。進は消毒と止血に万全を期しながら縫合し、包帯を巻いて患部を固定した。

手術は八時三十七分に終わり、約四十分の進らしい手際のよさだった。

爆裂弾のもたらした衝撃と手術の様子は一大事件として、一斉に日本中に伝わった。その後、大隈は外相を辞任し、懸案の条約改正は振出しに戻ってしまったのである。

だが、困難な手術を成功させた佐藤進の手腕は外科医としての評判をいやが上にもあげ、同時に順天堂医院には全国から患者が訪れた。

この緊急手術の一件は夕刻に駒込邸の志津にも知らされた。

「そうですか……」

受け答えしながら、志津は手術の成功を祈った。同時に、夫は今夜には帰宅できないだろうと思った。

ところが、深夜になって進は帰ってきた。

「戸締りをしようと思ったところです。お疲れではありませんか」

志津は夫の上着を受けとりながらさりげなく体調を観察した。

「うむ、一段落したので帰ることにした」

さすがに進は疲労をにじませていた。当分外務省から動けない大隈には、高木兼寛の慈恵医院から看護婦が派遣され看病する手筈《てはず》が整ったのだった。

「浅井君の展覧会だが、今回は行けそうにない」

進は申し訳なさそうに口にした。

「そのようなこと……」

志津は展覧会を気にしている夫におどろいた。爆弾事件が発生して展覧会どころではないから、とっくに頭の中にはないと思っていた。

「展覧会のことなど、どうぞ忘れてください」

「いや、ぜひ行って久しぶりに会いたかったが、今回は無理なようだ」

残念だとしきりに首を振りながら進は風呂場に向かった。

四

翌日——十月十九日、志津は上野の不忍池畔に出かけた。共同競馬会社の馬見所が明治美術会の第一回展覧会の会場だった。

入口で記帳を済ませてなかに入る。初日とあって混雑というほどではないが会場にはそれなりに人が出ていた。大小さまざまな洋風の油絵や水彩画が壁に掛けられている。額縁にも工夫を凝らしているあたり、洋画展らしい雰囲気が漂っていた。

志津は人の流れに乗りながら順々に展示品を見て行った。

主催者の一人、浅井忠は『春畝《しゅんぼ》』『山駅』『馬蹄香』の三点を出品していた。

ちょうど人が動いて、志津はやや大振りの『春畝』の前に立った。縦約五十センチ、横約七十センチほどの画布《カンバス》に描かれた油絵だった。前景で畑を耕す農民たちの姿が、後景には藁屋根の農家が数軒並んでいた。暗く重厚な色調の中で、人物と家屋の中間に白い花を明るく配置して対比させている。土の匂いのする牧歌的な風景の中に農民の生活が活写されていた。

志津は『春畝』という作品に自分が生まれ育った佐倉の風景を重ねていた。

——浅井さんらしい画題だわ。

いつも佐倉や印旛沼の自然風景を描いていたのが浅井だった。絵の技術については何も知らなかったが、五歳下の浅井が確実に成長しているのを感じた。三十九歳の志津自身も不惑を前にして、昔の佐倉時代の自分ではない気がしていた。父・尚中が大学東校の大学大博士として明治二年に政府から招聘され、志津も上京した。やがて、尚中が大典医を兼ね、天皇の診察にもあたるようになると、その縁で志津は宮中に出仕して三年間を無事務めあげた。佐倉藩主・堀田家の松姫のお相手をした経験が生かされたのだった。

志津は展示された絵を次々に観て行った。すると、見覚えのある細身で色白の男性が、一人の婦人と水彩画を前にして話し込んでいるのが見えた。浅井忠にちがいなかった。

志津がその場に近寄って行くと、浅井も気づいて、

「佐藤さんではありませんか」

お久し振りですと浅井は満面に笑みをたたえて志津を迎えた。鼻の下に髭を蓄えている以外は昔の風貌と変わらなかった。ここでも弟、百太郎を思い出した。志津は何かと似ている二人を昔から重ね合わせていた。

「何年ぶりでしょうか」

浅井が計算しているのを、志津は、

「十九年振りですよ」

と言った。志津が上京するときに会ったのが最後だった。

志津は夫が来られない事情を手短かに話して、展覧会の開催を祝した。

「たいへんなときにありがとうございます。ようやく開催にこぎつけました」

画壇内の確執もさることながら、浅井は会場の選定でも苦労した。華族会館をはじめ、鹿鳴館、日本美術協会、築地厚生館などみな断られたのだった。一回目から頓挫するのは避けたかった。

それから、浅井は、

「ご紹介します」

と脇に立った三十代半ばの婦人のほうを向いた。

「こちらは横井玉子さんです」

と言い、次いで、志津を玉子に紹介した。

二人はお互い向かい合い挨拶した。このとき、志津、三十九歳。玉子、三十六歳だった。

両者とも礼にかなったお辞儀を交わした。

「横井さんはわたしの画塾の生徒です」

と浅井は言った。

「絵を……」

志津は珍しいことを習う女性だと思いながら、和服のよく似合う目元の涼しい、どこか気品の漂う相手を見つめた。背丈の高い志津だったが、相手もそれに劣らない身長だった。

「出展されているのですか」

志津はきいた。

「いえ、先生のもとに通いはじめて三カ月ほどですので」

とても無理ですと玉子は言った。

「横井さんは女流画家の展示があるかどうか気にされていました。ここに確かに展示されていますので安心されたようです」

浅井は壁に掛かった水彩画を指さした。名前は、神中糸子とあり、画題は『寺門新緑』だった。静謐《せいひつ》な筆遣いである。

志津はその風景画を鑑賞してから、

「どうして女流画家の展示があるかどうかに関心を持たれるのですか」

と浮かんだ疑問を正直に玉子にぶつけた。

「絵を描くのが好きな女性もいます。それなのに女だからという理由で締め出すのはおかしいと思うからです」

玉子は真っ直ぐ志津を見つめて答えた。

「横井さんはこのたび開校した東京美術学校が女子に門戸を閉ざしているのを憤慨し、失望もしているのです」

浅井は脇から説明した。

「本来、男女は平等であるべきです」

玉子は言い切った。

その口調に志津は、一見静かでおとなしそうに映る横井玉子という女性に、内に秘めた闘志のようなものを感じた。

──面白い女性《ひと》……。

これまで出会ったことのないタイプの女性として興味を惹かれた。

この展覧会では女流は亀岡歌子と塚本律子も出展した。

浅井は、志津とは同郷で幼いころから世話になり、さらに、佐藤家は順天堂を率いている医家である旨を伝えた。

「順天堂……」

玉子は思わずつぶやいた。

「何か?」

志津は相手の微妙な反応を感じとった。

「わたしはその昔、佐倉の医院でお世話になりました」

玉子は十一歳のときに母に連れられ火傷の治療で佐倉を訪ねた話を伝えた。

「そうでしたか」

志津は父の尚中がある夜、少女のために薬方室で紫雲膏を手作りしていたのを思い出した。その数日後、江戸・鉄砲洲に帰る母子の後ろ姿を見送った。あのときの少女がいま目の前にいる女性ではないかと想像した。

「左手を火傷されたのではありませんか」

志津はきいた。

「そうです。よくご存じですね」

と言いながら、玉子は左手を差しだした。

志津はその手を取って見つめた。中指の上部に目を凝らしてはじめて分かる小さな瘢痕《はんこん》が残っていた。その甲は白く艶のある肌をしていた。

「きれいに治していただきました」

玉子も改めて自分の左手を眺めてから、お礼を言った。

志津は七年前に死去した父がこのきれいな手を見たなら、きっと喜んだだろうと思った。

「佐倉へはまた行ってみたいですわ」

玉子がいきなり言った。

志津はその真意を図りかねて彼女の次の言葉を待った。

「桜がとても美しく咲いていたのが忘れられません」

玉子は遠くを見る目をして回想した。

佐倉城址《じょうし》か武家屋敷の桜並木の下を通ったにちがいないと志津は思った。

「あの桜にいま出会ったなら、少しは上手に描けるでしょう」

玉子はわずかに照れ笑いを浮かべた。

すると、浅井が続けて、

「横井さんは絵心を持った方です。いずれいま教壇に立っている学校で絵画を教えたいと研究しています」

と言った。

「絵の先生を……」

志津はおどろいた。画家は男の仕事であり、女の絵画教師は想像できなかった。

「絵ばかりでなく、美術を教えられればと思っています」

玉子は言った。

「えっ、美術は絵を指すのではないのですか」

志津はききかえした。

「美術は絵ばかりを指すのではありません。音楽、彫刻、詩歌、小説、演劇、建築など、生活を充実させるものはすべてふくまれます。さらに、裁縫や手芸、編物、料理なども包含します」

それは明らかに巌本善治から得た発想だったが、いまや玉子の信念となっていた。

「裁縫や手芸も美術に？」

裁縫や刺繡《ししゅう》、細工物なら、松姫を相手に一緒に制作して少しは勝手が分かっている。美術が急に身近に感じられた。

「そうです。生活を楽しく豊かにするものはすべてふくまれます。美術は女子も学んで、いや、女子こそ学んで意義ある学問だと思います」

玉子はそう言って、失礼致しますとお辞儀をしてその場を離れて行った。

志津はその後ろ姿が人込みの中に消えるまで見送った。

明治美術会の第一回展覧会は十月二十九日まで開催が予定されていたが、好評につき十一月三日まで延期され、成功裡に終了している。

五

志津は展覧会の帰り、その足で不忍池から芝に人力車を走らせた。予定の行動だった。晩秋とあって日の暮れるのも早く、目的の寺に着いたときには、あたりは淡い闇に閉ざされていた。

志津は青松寺《せいしょうじ》の門前で人力車から降りた。近くに塀をめぐらせて建っている増上寺の規模とは比べものにならないほどの小さな寺だった。だが、太田道灌《おおたどうかん》が貝塚（現・麹町付近）に創建した曹洞宗の寺院を、江戸城の拡張にともない徳川家康が増上寺とともに芝に移転した由緒正しい寺である。

青松寺の門をくぐると石燈籠《いしどうろう》に灯《とも》されたローソクの明かりが本殿へと導いている。暗い境内には人気《ひとけ》はなかった。

志津が社務所に挨拶すると、そのまま寺の一室に通された。

「ただいま禅師をお呼びしてまいります」

しばらくお待ちくださいと案内の若い僧は音もなく襖を閉めて廊下を戻って行った。

若い僧が禅師と言ったのは、北野元峰《げんぽう》住職のことである。のちに永平寺の貫主になる住職は志津より九歳上だった。禅師の説法は親しみと尊敬を集めていて、夫の進は講話会の常連となっていた。

この講話会には伊藤博文や金子堅太郎（明治憲法起草者）、菊池大麓《だいろく》（東大教授）、佐々木東洋（杏雲堂醫院長）、毛利元徳《もとのり》（公爵）など貴顕紳士が集まってきていた。関係者には〝青松寺の元峰さん〟として知られていた。

志津がいつか聴いた話で、人はいくら知力と財力があっても、徳が備わっていなければ卑しいだけで、人間として大成しないという言葉が心に響いて忘れられなかった。

このころ、志津は将来について漠然とした不安に駆られていた。これは誰にも悟られていない裏の心である。

夫、進は外科医の第一人者として活躍し、順天堂の経営も順調だった。一見どこにも不満や悩みはなかった。

だが、志津は日々満たされない思いで過ごしていた。

――子どものことかしら……。

十四歳になる次男の昇《のぼる》は生まれつき病弱だった。長男の八十太郎をわずか二カ月で亡くしている。昇も同じ運命をたどるのではないかと思うと不安はつのった。

また、人生の目標を失っていることも原因のひとつではないかと考えた。

その昔、父、尚中に医者になりたいと言ったときがある。父はいまはその時期ではないと諫《いさ》めた。あのとき無理をしてでも医学の道に入ったほうがよかったのかもしれない。

しかし、いくら考えても不安の元は茫洋《ぼうよう》として分からなかった。

やがて、北野元峰が法衣を身にまとってあらわれ、志津の正面に座った。いかにも高僧然としていたが、威圧感はなかった。

「相談事がおありとか。うかがいましょう」

元峰はやさしい眼差しを向けながら口を開いた。

志津は不安に駆られている最近の心の有り様を隠さずに伝えた。

きき終わって、元峰は、

「心配してもよろしいが、何も心痛する必要はない」

と言い、続けて、

「あなたは何かにこだわっていないかな」

と静かに問いかけた。

「こだわる……」

志津は自分の心を探ってみた。子どものこと、夫の成功、順天堂の繁栄、医学志望の頓挫――。考えてみると、こだわっていることばかりだった。

志津はそのひとつひとつを禅師に話した。

「うむ、では、いかがだろう。何も求めない、ただ日々を好《よ》い日として積みあげて、そして、人や社会に何かを与えるように心がけたらいかがかな」

「与える?」

「そう、与える。別の言葉でいえば、求めないことだ」

元峰のその言葉を志津は胸におさめた。

「与えるについては、無理をしなくてよろしい。何でもよろしい。できる範囲でやったらよろしかろう」

禅師はさらに、愛語《あいご》ということに言及した。あたたかい慈悲のこもった言葉で人に接する態度である。

「それを心がけていれば、おのれの生きる世界もおのずと変わってくる」

と説いて席を離れて行った。

志津は元峰禅師のこの教えも胸の奥深くに刻んだ。そして、しばらくのあいだ部屋で一人座り静かな時間を味わった。

志津は後年、「愛語」を重視し、ことあるごとに説いてまわった。言葉の乱れは礼の乱れに通じる。正しい言語はその人を尊くするとして、言葉の力を信じていた。

やがて志津は、子どもは宝であると考える慈善団体、福田会《ふくでんかい》が育児院を創立するにあたり、毛利安子公爵夫人をはじめ、何多仁子、原礼子、辻里子などとならんで、発起人の一人となった。志津の奉仕の精神は次第に強く大きく育ち、また広がりも見せた。

その精神は、やがて、不忍池で会った横井玉子という人物が救いを求めてきたときに発揮されるのである。

六

玉子は女子学院で礼式と裁縫、割烹の授業を受け持っていたが、院長の矢嶋楫子が社会活動に多忙だったので、事実上、玉子が学校を切り盛りしていた。

寄宿舎生活が原則の女子学院では、朝六時に起床の鐘が鳴り、七時が朝食だった。夕食は五時で、その後は自由時間である。学園生活を乱す行為には厳しい規則違反が問われたが、それ以外は案外、おおらかで自由だった。

交通手段の発達していない時代だけに、女子が地方から上京するだけで、途中、身の危険や誘惑が待っている。生半可な決意では学問を習得できなかった。その上、親元を離れて志を貫徹し学業を終えた女子には、教養ばかりでなく精神のたくましさが育っていた。

寄宿舎では、食事の支度や後かたづけ、掃除など、生徒たちが各々班を組んで処理した。入浴は週に一回だったので、ふだん不潔にならないよう毎朝、食堂で首筋の検査が行なわれた。

土曜日には生徒たちがお互いの髪を結いあうのが常だった。だが、上手に仕上がらないときは、矢嶋楫子がみずから生徒の髪を結いあげた。舎監の玉子も一緒に髪結いに協力した。こうした家庭的な空気にあふれた家族主義がいつしか学園の伝統となった。

玉子は諸芸に通じていたが、教え方は淡白で厭味《いやみ》のない親切な先生だった。背の高い、色白で上品な雰囲気を漂わせていた。

「しとやかなれ」

と礼式の授業で常に強調した。

ところが、その上品な先生が朝、たまさか寝坊すると、水のはいった鉄瓶をさげて廊下に出て、右の手のひらに水を注いで口をゆすぎ、また、水を手にとって顔を洗ったという。ふつうなら、生徒には自分の失態を隠すものだが、玉子は屈託がなかった。多くの生徒に慕われていたのも、厳しいなかにもこうした気さくで、おおらかな性格によるものと思われる。

生徒たちも私生活や将来の悩みから日常の雑事まで、困ったことが起こると舎監室に玉子を訪ねた。何でも相談できる先生だった。

ある冬の木枯らしが強く吹きつける日の夕方、生徒の一人が玉子のもとに相談に訪れた。同室の生徒が風邪気味だという。

「先生秘伝の料理を教えていただきたいと思います。せっちゅうの何とかいう……」

生徒は料理の名を正確には知らないようだった。

「雪中の梅のこと？」

「そうです。ぜひ、教えていただき、友だちに作ってあげたいのです」

「わかりました。でも、風邪気味ならその前に牛乳と卵のお粥《かゆ》を食べないといけませんよ」

玉子は念をおした。牛乳と卵の粥は体調不良や病み上がりのときの「先生の粥」として学校内で知られていた。炊いた飯をすり鉢ですったものを細かい網目を通して漉《こ》し、糊状にする。この中に牛乳と卵一個を入れてよくかき混ぜ、塩を適度に振ってどろどろになるまで煮て食する。栄養豊富で、消化もよいので体力を回復させるには恰好の料理だった。

「先生、それはいただきました」

と生徒は答えた。

「そう、だったら、雪中の梅を食べるのが風邪引きにはいいわ。でも、これは料理というほどの料理ではないのよ」

それに秘伝でもないしと玉子はやや照れながら「雪中の梅」の作り方を教えた。これは梅干五、六個を平らな器の中に並べて、その上に多めの大根おろしを絞《しぼ》らずにかぶせ、少し押さえて放置する。しばらく待ってからおろしとともに梅を食べるのである。梅干の塩分はおろしに含まれて梅も大根おろしも頃合いの味となり、しかも、風邪引きにはよく効いた。大根おろしを雪に見立てて、粋に、「雪中の梅」と呼んだのである。

玉子の割烹の授業は人気の的だった。調理の後、試食できるのも生徒たちの楽しみではあった。玉子の教える和洋折衷の珍しい菓子料理に干柿プリンがある。

これは器に卵をとかし、牛乳を少しずつ加え、小麦粉も少しずつ入れてどろどろに混ぜた中に塩、油、ベーキングパウダー、それに干し葡萄《ぶどう》大に切った干柿を入れてよくかき混ぜる。そして、四角い布切れに流し入れ、四隅をゆるく絞り、糸でかがる。それから、ざるを敷いた釜の中で一時間ほど蒸す。この布の中で膨れた柔らかい塊を壊れぬよう大皿に盛る。それをテーブルに置いてから放射状に切り、各自小皿に取り分け、砂糖蜜をかけて食する。これが干柿プリンだった。〝横井先生のプリン〟として寄宿生に好評だった。

玉子が料理を得意としたのは、母親・セキをはじめ、横井小楠の妻・つせや熊本洋学校校長・ジェーンズの夫人から習った料理法が血肉となっていた。だが、なによりも、玉子の食に対する好奇心と工夫が玉子をして料理通にしたのである。

後年、玉子が死去した年に『家庭料理法』が刊行されている。全二百八十ページに及ぶ大部の料理書である。玉子が生前、「婦人新報」や「婦人衛生会雑誌」などに掲載したものと、未定稿を合わせてまとめた一冊である。日本料理として、四季折々の吸い物、煮物、あえ物、焼物、揚げ物、漬物、菓子類などを網羅している。さらに、西洋料理として、スープ、揚げ物、蒸し物、シチュー、焼物、煮物、カレー、菓子類に及ぶ。

また、日本料理と西洋料理を融合させた「折衷料理」を提案している。さらに、「病人用食物」まで記述するきめ細かさである。「雪中の梅」はこの項目に掲載されている。

いずれも女子学院の割烹授業で教えていた内容がもとになっていた。『家庭料理法』は全分野の料理をほぼ網羅している。これだけ広範にまとめられた料理書の刊行はわが国で初めてかもしれない。画期的な一冊といえる。

明治二十、三十年代当時、西洋料理はまだ庶民には馴染みがうすかった。しかし、玉子は誰もが作れるよう簡明に料理の手順を文章化した。これは西洋料理を習得して、自家薬籠中《やくろうちゅう》のものにしていたからこそ可能だったといえる。

西洋料理は熊本時代にジェーンズ夫人から学んだ料理法が基礎になっている。夫人は、日常生活の充実こそ人生の基本という信念のもと、日々の料理に精を出した。それを玉子は横で補佐して習い覚えた。夫人の使う西洋具材は、夫で熊本洋学校校長のジェーンズがアメリカから取り寄せ、乳牛や野菜の種も輸入した。一日の始まりは、パンを焼くのが基本だった。牛乳を搾り、バターやチーズも作った。トマト、玉ねぎ、ピーナッツなども栽培した。九州・熊本の一画で奇跡的に純粋の西洋生活が現出していて、玉子が幸運にもそれを体験できたのだった。

生前、玉子は自分の料理集に『家庭料理法』と命名している。「家庭」を重視した視点に玉子らしさがあふれている。家庭重視は玉子の信念であり、学園での割烹授業にも熱が入った。

これは女性啓蒙誌『女学雑誌』を編集する巌本善治が唱える、

「一家整って一国整い、一家和して一国和し、一家強くして一国強くなる」

という家庭を基盤とした国家建設論の思想にも影響されていた。

また、巌本の美術論では、美術は絵ばかりを指すのではなく、音楽、彫刻、詩歌、小説、演劇、建築、それに、裁縫や手芸、編物、料理など、生活を充実させるものはすべてふくまれる。

玉子はこの発想に感服し、強く勇気づけられていた。

料理は人体を形成、維持し、人間の営みのために欠かせない基本的な要素だった。玉子が学園で教える礼式や裁縫同様、女子のためには重要と思えた。

――料理は生活を充実させる……。

料理は――、家庭料理は玉子にとって「美術」そのものだった。

七

明治二十四年（一八九一）六月下旬、玉子は戸川明三を学園の舎監室で待っていた。友だちを連れてくるという。

戸川明三は玉子の兄（次男）・等照の長男。明治三年生まれで、玉子より十六歳下だった。玉子はこの明三を自分の弟のように可愛がった。明三もまた、玉子を慕っていた。戸川家は熊本から上京後、経済的な貧窮状態に陥り、原家に身を寄せていた時代があった。そのとき、明三とその姉妹を玉子が何かと世話したものだった。明治二十一年、十九歳の明三は第一高等中学校の入試に失敗し、失意に暮れているところを、玉子が明治学院普通部本科二年に編入できるよう道筋を作った。

その明三もこの明治二十四年の六月に卒業した。後に秋骨《しゅうこつ》と号し、英文学者、評論家、翻訳家、随筆家として活躍する。

明三は時間通りにあらわれた。数日前とはいえ学校を卒業して、落ち着きのようなものが出ていた。二十二歳ながら少し大人びた様子に変化しているのには、玉子も意外な印象を受けた。

「同級だった島崎春樹くんです」

と明三は連れてきた友人を紹介した。

——この人が島崎さん……。

玉子は十八歳下の若者の知的な澄んだ目と向かい合った。眉の太い、素朴で清潔感にあふれた好青年だった。戸川明三に見せてもらった島崎の書いた習作の小説を読んで、その抒情あふれる文章と的確な情景描写に感動した。二十歳前後の若者の文章とは思えなかった。ただただその文才に感服して、明三に一度会ってみたいと話したものだった。その作者がいま目の前にいる。

「きみから預かっていた原稿を叔母に読んでもらったことがある。叔母は詩や小説にたいへん興味を持っている」

明三は島崎に言った。島崎は小説や詩の習作を多くの人に読んでもらい感想をききたがっていた。

玉子は島崎の原稿を読んだ感想をそのまま伝え、

「ぜひ、もっと作品を読ませてください」

そして、文章をさらに磨いてくださいと言った。

島崎は照れながらも玉子の感想を真剣にきいていた。

「島崎くんは日本の古典ばかりでなく、海外の文芸作品にも精通しています。ゆくゆくは自分の作品を世に問いたいと思っています」

明三は同級の馬場勝彌（孤蝶《こちょう》）とともども、島崎といつも文学論議に花を咲かせていた。明治学院はキリスト教を基本理念とし、初代総理（学院長）、ジェイムス・ヘボンの指導のもと、自由で闊達《かったつ》な学園をめざしていた。島崎は新しい時代の息吹を感じてキリスト教の洗礼も受けていた。

「島崎さんが作品を発表する。それはぜひ、叶えてください」

玉子は島崎の将来に期待を寄せた。

「しかし、叔母さん、島崎くんは発表する場がなく苦労しています」

島崎は仕事口として、とりあえず知人が開いている横浜の雑貨店を手伝う予定だった。

明三自身は、従弟の大野豊太（酒竹《しゃちく》）や玉子がらみで遠縁にあたる徳富猪一郎《いいちろう》（蘇峰）から、漢学や歴史の教えを乞う準備ができていた。

「そう、それは残念ね」

才能が埋もれてしまうのは玉子にとっても惜しい。

何かできないかと思案したとき、

「あの人なら」

と思い浮かべた人物が『女学雑誌』を刊行している巌本善治だった。巌本とは矢嶋楫子に紹介されて以来、その思想や人生観に魅了され何度か会っている。特別親しい間柄ではないが、お互い意思の疎通はできているように思えた。

――巌本さんに頼んでみよう。

玉子はそう考え、明三と島崎の二人に『女学雑誌』のことを話した。二人は当然のようにこの雑誌を知っていた。

「叔母さん、それはとてもよい話です。島崎くんが『女学雑誌』で発表できればこれ以上の機会はありません」

明三は我がことのように喜んでいる。

「ぜひお願いいたします」

と島崎も短髪に刈った頭を下げた。

二カ月後、島崎は『女学雑誌』で翻訳ものを発表できるようになった。さらに、翌明治二十五年秋からは、巌本が関係する明治女学校で、校長の木村熊二の支援も得て英語と英文学を教えることになり、一年後、明三（秋骨）もこの学校で英語を教えた。

島崎春樹は明治五年（一八七二）、長野県馬籠村に生まれている。後に島崎藤村のペンネームで、詩や小説を発表する。『千曲川のスケッチ』『若菜集』『破戒』『夜明け前』など多くの作品で知られ、現代もなお精華を放ち読みつがれている。

島崎が『女学雑誌』に関係し、また、北村透谷の評論に触発され、それはやがて明治二十六年一月、文芸誌『文學界』刊行につながる。同人には、戸川秋骨、馬場孤蝶をはじめ、北村透谷、上田敏、平田禿木《とくぼく》、星野天知《てんち》などが名を連ね、浪漫精神の高揚を謳《うた》った。

後に島崎藤村は自伝的青春小説『桜の実の熟する時』（大正三年「文章世界」に前編発表）の中に玉子を登場させている。

「何処か邪気《あどけ》ないところを有《も》つ人だつた。彼（注・藤村自身）は斯の若い年長《としうえ》の婦人から自分の才能を褒められたことを思出した。『何卒《どうか》、これから御手紙を寄《よこ》して下さい』と言われたことを思出した」

島崎藤村にとって、横井玉子は印象深い女《ひと》だった。

また、玉子にも島崎藤村や戸川秋骨などとの交流は楽しくも、有意義だった。文芸の鑑賞や追求は、「美術」活動でもあったのだった。

明治三十二年（一八九九）は女子教育の歴史をたどるとき、無視できない年だった。この年に高等女学校令が公布されて、高等女学校の設置が道府県に義務づけられ、同時に、市町村や民間も設置が可能となったために、高等女学校が急速に増えていった。中等教育機関の整備が進み、中流家庭を形成する良妻賢母の育成が全国規模で実施されたのである。

下田歌子が帝国婦人協会付属実践女学校（現・実践女子大学）を創立したのをはじめ、翌三十三年には、津田梅子が女子英学塾（現・津田塾大学）、西沢之助が日本女学校（現・相模女子大学）、吉岡彌生が東京女医学校（現・東京女子医科大学）、さらに年を経るうち、日本女子大学校（現・日本女子大学）、東京女子体操音楽学校（現・東京女子体育大学）、女子商業学校（現・嘉悦大学）、高等女子實修学校（現・山脇学園）など女子教育をめざす学校が続々と誕生した。

こうした世の中の動きは女子教育の現場に身を置く玉子を刺激してやまなかった。

一方で、高等女学校令が公布された同時期、文部省より、「訓令第十二号」が発令され、教育機関での宗教教育が禁止された。これは従来、学園内で宗教教育を基本に置いていたキリスト教系の学校には打撃だった。

時代背景に日清戦争に勝利して経済が活発となり、国威も発揚されるなか、宗教教育への締めつけが強化されたのである。

「まったくひどい話です」

矢嶋楫子は怒りを覚え、当時校長も務めていた私立桜井小学校の廃校届を東京府知事・千家《せんげ》尊福《たかとみ》に提出し、強く抗議の意を表した。明治三十二年九月九日付だった。

――自由がなくなる……。

玉子も訓令に警戒心と失望を覚えた。

高等女学校令に女子教育の光明を見いだしていただけに落胆の度合も大きかった。

ちょうどそのころ巌本善治が学園に玉子を訪ねてきた。

「矢嶋さんの行動には敬意を表します」

巌本は開口一番に言った。

「しかし何か効果はあるのでしょうか」

玉子はたずねた。

「きっとないでしょう。しかし、ないからといって何もしないのは敗北主義です。権力者には常に抵抗していないと、連中はつけあがるばかりです」

巌本の反骨精神は筋金入りだった。

巌本の見通しの通り、矢嶋楫子の廃校届は文部省に対し一矢報いたが、時代を動かす力にはならなかった。

「今の政府には女子教育の本質と女の自由や自立の重要性は何もわかっていない」

巌本は大日本帝国憲法が発布されたとき、『女学雑誌』に「女性の腹は貸家」と論評して男尊女卑の世の中を痛切に批判している。その後、『女学雑誌』は何度発禁の憂き目を見たかしれない。それでも巌本はおのれの信念を貫き通した。

玉子にはそうした巌本が爽快に映っていた。

その巌本は女子の啓蒙誌を刊行すると同時に明治女学校の経営にも参画していた。巌本にとって、雑誌と女学校は車の両輪であり、どちらも大事だった。

「教育の現場で女性を自立させ、解放させる授業が必要ではないかと思います」

巌本は言った。

「女学校の形はできても、そこで身につけた教養なり学問が女性の自立に結びつかなくては、これからの時代、あまり意味をなさないのではありませんか」

生活です。家庭の充実ですと巌本はつけ加えた。

「それは美術ではありませんか」

玉子は言った。

「えっ」

巌本は玉子の言う意味が分からずおどろいたようにききかえした。

「巌本さんのいう美術こそ女性を自立させ、生活力をつけ、ひいては、女性を救う力となるのではありませんか」

巌本の美術論では、美術は絵画だけではなく、音楽、彫刻、詩歌、小説、演劇、建築、さらに、裁縫や手芸、編物、料理など、生活を充実させるものがすべてふくまれていた。

玉子は女子学院で礼式と裁縫、割烹、さらに洋画の授業も担当していた。いわば、巌本の美術論を実践していた。

「確かに、美術の充実こそ女性自立の鍵です。良妻賢母を育成しただけでは女性の解放にはつながりません」

「わたしもそう思います」

玉子はうなずいていた。いま、学園で実践している行動を継続するしかないと思った。が、内容は十分とはいえなかった。規模を拡大し、直接、美術の重要性を全面に打ち出して訴える必要性を感じていた。しかし、いまの学園では、経営する支持母体の意向もあり、限界があった。また、玉子自身、三科目の授業のほかに、幹事や舎監の仕事もあって多忙を極めていて、日々の仕事に追われているのが実情だった。

「美術の充実——。それが実行できれば、女性は自立できるでしょう。横井さん、ひとつ挑戦してください」

巌本は玉子の胸の内を知ってか知らずか、そんなことを口にした。

「ところで、島崎くんの近況が伝わってきました」

「あら、懐かしい。いまどうされていますか」

玉子はその素朴な文学青年の風貌を思い出した。

島崎藤村は明治二十九年（一八九六）に東北学院の作文教師となって仙台に赴任。その後、上京して東京音楽学校でピアノを習った。明治三十二年（一八九九）には巌本の媒酌で結婚し、小諸義塾の教師として小諸町に居を構えた。

玉子は結婚のときに藤村と話して以来、会っていなかった。

「なに、英語と国語を教え、元気に過ごしているというだけの便りです。それと奥さんの悪阻《つわり》がひどいという話でした」

巌本はいった。

「お子さんが……。元気に産まれるといいですね」

翌年の一月に藤村の最初の女子が誕生している。

そして、巌本は風のように帰って行った。


巌本は来るときも、帰るときも一陣の風に似て軽快な人物だった。

玉子は建物の外に出て、巌本の後ろ姿を見送った。

――それが実行できれば、女性は自立できるでしょう。

巌本の発した言葉が甦っていた。

そのとき、不意に玉子の耳の奥で懐かしくも大切な人の言葉がきこえてきた。

「学校といえば、面白い学校がアメリカのフィラデルフィアにあった」

それは先立った夫・左平太の言葉だった。

「女子の美術学校だ。隣の州だが、川をへだてたすぐそばにあったものだからよく遊びに出かけたものだ」

そう夫は話していた。そこに楽しい思い出が詰まっているようだった。

――女子の美術学校……。

玉子はつぶやいてみた。何か胸の中で弾けるものがあった。

その夜、玉子は大切にしている化粧箱から一枚のスカーフを取り出した。クリーム色の地にぼかしのかかった赤い薔薇が一面に散っていた。夫から贈られたアメリカ土産の絹のスカーフである。左平太の大切な遺品だった。

――あれから二十四年が経つ。

夫と死別したとき二十二歳だった自分は、いま四十六歳を迎えていた。

思えば未亡人となって教育者としてまっしぐらに生きてきた。

再び、左平太の言葉が甦る。

「面白い学校がアメリカのフィラデルフィアにあった」

女性だけの美術学校。

――あの人が話していた……。

耳の奥に懐かしい声がきこえる。

――日本でも女子の美術学校を作れないか。

玉子はそう考えた。

東京美術学校は男子だけの入学を認め、女子の学ぶ機会を封じている。これは明らかにおかしい。おかしいが手をこまねいているだけでは事態は変わらない。それなら自分で開くしかない。

女子が学べる美術学校を作るしかない。

――女子の美術学校を作ろう。

玉子は決意した。

これは、女性だけの美術学校のことを話してくれた、夫の遺志を叶えることになるのかもしれない。そう考えると、体の芯から熱いものがこみ上げてくるのが実感できた。

しかし、玉子はそのとき体の変調を感じとった。強い吐き気と風邪とは違う悪寒を覚えた。洗面所に走って、胃の腑から内容物を嘔吐した。黄色い液体が吐き出され、わずかに血も混じっていた。半月ほど前から感じている症状だった。

――おかしい……。

いままで体験したことのない体の異変だった。

これは命にかかわる病気ではないか。そう思えてならなかった。

——時間がない。

自分の命が消えるのではないかという恐れも抱いた。

——急がねば。

玉子は焦りに似た気持ちになった。

左平太が生きていたならきっと相談に乗ってくれるはずだった。が、それは虚しい願望だった。

だれか相談できる人はいないか。そう考えて玉子は美術界を見回した。

玉子はこの年——、明治三十二年に白馬会に入会していた。白馬会はフランス帰りの黒田清輝《せいき》が主宰する新しい画風を掲げて発足した一派だった。玉子の入会は絵画を学ぶ場を広げるのが目的だった。

先に浅井忠が主宰する明治美術会に入会していた。

白馬会は明治美術会に対抗してできた団体でもあった。白馬会に入会して間もない玉子としては相談相手に相応《ふさわ》しい人物は思いつかなかった。

——誰に……。

そう考えて浮かんだ人物は浅井忠だった。絵画の神髄を基礎から教えてくれた師である。

「明日、出かけてみよう」

浅井忠に話せば道は開けると信じた。

九

明治三十二年（一八九九）十月のはじめ、玉子は正装して上根岸町の自宅に浅井忠を訪ねた。十畳ほどの客間は庭に繁った樹木のせいで薄暗かった。壁にはミレーの「落穂拾い」の下描きの図が、反対側には銀地に描かれた日本画風の水仙の油絵がさりげなく掛かっている。浅井好みの絵だった。風流の地で知られた根岸のせいか、どこからともなく琴の調べがかすかに聴こえてきた。

いつもは隣接する画塾の建物で浅井から絵の手ほどきを受けるのだが、今日は絵を習いに来たのではなかった。

「本日は急な話なのですが、先生にお願いがあってまいりました」

挨拶ののち、玉子は切りだした。

「うむ、改まった話のようだが」

何だろうと浅井は顎に蓄えた鬚《ひげ》に手をやりながら興味を示した。その物腰に落ち着きと風格が滲《にじ》みでていた。

浅井は前年の七月に東京美術学校の教授に就任していた。これより前の四月に白馬会の黒田清輝が教授に就いている。明治美術会を率いる浅井の教授就任は、黒田と浅井という洋画界で対立する二流派に配慮した人事だった。

「実は……」

と玉子は話しかけて瞬間、口ごもった。こんな話をして大丈夫か、学校経営など自分にできるのだろうかと不安がよぎった。

だがそれは一瞬の出来事だった。女子の自立のための美術学校を作る——。その一心で迷いはなかった。

「女子の美術学校を作りたいと思っています。不躾《ぶしつけ》ながら、その創立に先生のお力添えをお願いしたく思うのです」

「女子の美術学校を……」

浅井は鸚鵡《おうむ》返しにつぶやきながら、明らかに戸惑いの表情を見せた。浅井にとっては思いもよらない内容だったようだ。

「そうです。女性だけの美術学校です」

玉子は東京美術学校が女子を締め出している現状を憂え、また、美術学校で女子の自立の道をつけたい旨など、日頃の持論を訴えた。

「なるほど。横井さんらしい考えだ」

浅井は何度もうなずいていた。

「校名は私立女子美術学校にしようと思っています」

「ほう、もう、名前まで考えているのか」

浅井はおどろきを露《あら》わにした。

「ええ、それは……」

玉子は小さく笑って答えた。学校を作ると思い立ったときにまず浮かんだのが校名だった。

――シリツジョシビジュツガッコウ……。

その響きに思わず微笑んだのを覚えている。

「で、わたしに何を?」

浅井はあらためてきいた。

「もしできましたら、先生に校長に就任していただくと同時に、教壇に立っていただきたいと思うのです」

玉子の願いだった。

仏造って魂入れずでは先行き展望はない。優れた教授陣を揃えるのが重要で、校長には浅井が最適だった。

「わたしを校長に……」

うーん、それはと浅井は少し天井を仰ぐような仕種をとった。

「失礼は重々わかっているつもりですが、先生にお願いするより手はないのでございます」

玉子に絵画の神髄を基礎から教えてくれた師にすがるしかなかった。

「わたしのような未熟者に、どうぞお力添えを」

お願いいたしますと玉子は深く頭を下げた。

「横井さんの発想と情熱とには敬意を表します。ただ、いまのわたしには横井さんを支援する力はない」

浅井は苦しそうに言った。

「それはどういうことでしょうか」

ある程度予想はついていたが、いざきいてみると、玉子は落胆せざるを得なかった。確かな理由はわからなかったが、身の程知らずで、その上、急な話だった。師匠とはいえ、受け入れるはずはなかったのだろうか。

「横井さん、わたしは正直、手助けできずに残念だ」

そう浅井は言うなり座り直した。

「わたしはいま一度自分の絵を見直そうと思っている」

浅井は神妙だった。

「それはどういう意味ですか、先生」

玉子は浅井の気配にただならぬものを感じて背筋が伸びた。

「あなたは画壇でいまわたしが置かれている立場を知っていると思う」

浅井は問いかけた。

「ええ、少しばかりは……」

明治美術会から離れて黒田清輝が白馬会を結成し、浅井一派の画風を古いと攻撃してやまなかった。その対立のひとつの融和策として、黒田と浅井を東京美術学校の教授に就任させた。だが、その待遇の差は歴然としていて、給与や授業内容、教室の手配などの上で、ことごとく差をつけられて浅井は不自由を余儀なくされた。これはある程度覚悟していたものの、想像を超えたひどい差別を受けていた。

浅井は当初から人身御供《ひとみごくう》となって教授に就いたという認識を持って自嘲《じちょう》していた。だが、その印象は日を経るに従い強くなって行き、教育現場での熱意は急速にしぼんでいた。

「これはまだ内密にしておいてほしいのだが……」

と浅井は一段声を落として続けた。

「フランスに行って絵を一から見直してこようと考えている」

「フランスに……」

「うむ、留学を打診する書状が届いているので受けようと思っている」

文部省から、「西洋画研究ノ為満二年間仏国留学ヲ命ズ」の辞令がおりていた。

浅井にとっては西洋画を究める千載一遇のチャンスだった。国費留学などそう簡単にできるものではない。

玉子は祝福する言葉を伝えた。

「本当は横井さんの計画に参加してみたいところだった。これからの時代、生活の中に美術を取り入れるのが重要だ。そのための教育は絶対に必要とされるだろう」

成功を祈るばかりだと浅井は言った。

「そういっていただけるだけでありがたいことです」

玉子は礼を述べながら、では誰を校長に迎えればいいのか思案した。当てはまったくなかった。女子の美術学校を作るのは容易ではないとの心づもりはあったが、計画は冒頭で頓挫した。

――わたしには無理なのか……。

玉子は自然と肩がすぼむのを感じた。

部屋には沈黙が支配していた。

やがて、

「横井さんは次善の策をお持ちですか」

と浅井が問いかけた。

「校長先生のですか」

「そうだ」

「いえ、ありません」

「ない……」

やはりないかと浅井はわずかに頬をゆるませて笑った。

「そんなことだろうと思った。一途《いちず》な人だ。他のことなど考えられないのだろう」

「申し訳ありません」

玉子はただただ頭を下げた。

「そういう計算をしないところが、あなたのよいところでもあり、悪いところかもしれない」

「きっと、悪いばかりです」

今度の計画では、玉子は自分自身が分からなくなっている部分があった。猛進する自分がいた。

「わたしを校長にと考えてもらい光栄だったが、いまいったように留学しなければならない。そこでわたしも役にたてないか、何かできないかと考えた」

玉子は黙って浅井の話に耳を傾けている。

「校長を引き受けてくれそうな人物を考えてみたところ、一人、浮かんだ人間がいる」

すかさず、

「それはだれですか」

とききたいところだったが、玉子は喉元で言葉を呑みこんだ。

「藤田文蔵《ぶんぞう》先生だ」

と浅井は言った。

浅井より五歳下で彫刻界で名をなしている。国沢新九郎の画塾・彰技堂の同門で、明治九年（一八七六）に設立された工部省工部美術学校では、藤田が彫刻科、浅井が画学科と科目は違ったが同期に入学していた。

　藤田文蔵は文久元年（一八六一）、因幡国（現・鳥取県）邑美郡湯所村に漢学者の三男として生まれた。明治七年に兄を頼って上京。明治十年、十七歳のとき藤田盡吾の養子となり、新栄教会で受洗した。間もなく、養父、盡吾らは牛込キリスト教会を設立した。その後、文蔵は二十三歳で「彫刻専門美術学校」を牛込区牛込二十騎町の自宅内に開校している。

「藤田文蔵先生ならわたしも知っています」

　玉子は言った。

「なに、知っているのか」

　浅井は意外だったようだ。

「教会で何度もお会いしたことがあります」

　女子学院の生徒をいろいろな教会の日曜学校に引率してオルガン弾きや掃除の手伝いをさせていた。藤田が長老をつとめている牛込教会にも出かけていた。玉子もすでに二十年前に芝の教会で洗礼を受けている身であり、藤田を敬虔な一クリスチャンとして見ていた。だが、校長就任を打診する相手としては考えてもみなかった。

「それなら、話は早い、わたしのほうから話してみるが、横井さんからも頼んでみたらどうだろう」

藤田文蔵は洋画界とは離れた彫刻家であり、白馬会とも無関係だったから浅井も頼みやすかった。

「わかりました」

玉子は当たって砕けるしかないと思った。

浅井はそれから四ヵ月後の明治三十三年(一九〇〇)二月二十六日、フランスに向けて旅立った。四十五歳の洋行だった。留学中に夏目漱石と交流したのが縁で、帰国後、『吾輩は猫である』ほか、漱石の本の装丁を行ない挿絵を描いている。東京を好まず京都に移住して人材を育成した。弟子には、石井柏亭《はくてい》、安井曾太郎《そうたろう》、梅原龍三郎、黒田重太郎《じゅうたろう》などがいる。日本の洋画界に大きな役割を果たして、明治四十年(一九〇七)十二月に死去した。五十二歳だった。

十

その日、玉子は女子学院の院長室で矢嶋楫子に女子美術学校を創設したい旨を語った。

楫子はときおりうなずきながら話に耳を傾けていた。

きき終わって、

「やはり……」

と楫子は一言洩らしただけだった。

「えっ、それはどういう意味ですか」

玉子は戸惑った。二十歳上で親戚筋にあたり、人生経験も豊富な楫子には日頃から一目置いていた。今度の挑戦に対し、賛成か反対かをきちんときいてみたかった。それが、いまの反応では賛否はわからなかった。

「あなたはいつかはこの学校を出て行く人だとわたしは思っていました。辞めるのはあなたが自分の志を貫くときです」

それがいま訪れたということですと楫子は言った。

そう言われても玉子には、やはりという反応を示した楫子の態度は理解できなかった。

「あなたは知らないでしょうが、この女子学院の歴史をたどるとき、出発点であなたの父上の祖先が深く関与しています」

「父上の祖先がですか」

「そうです」

女子学院は明治二十二年九月に桜井女学校と新栄女学校が合併してできた。

「その新栄女学校は原女学校を引き継いできました」

明治九年、原胤昭《たねあき》によりミッションスクールとして原女学校が創立された。だが、この学校は生徒が集まらず経営難から三年足らずで閉校に陥った。その際、教師や生徒は新栄女学校に合流した。

「原女学校……」

もしかすると、その原の名のつく女学校は原家が興したのかも知れないと玉子は思った。

「その通り。原胤昭は千葉氏から出ている原一族の末裔です」

先祖は玉子の父、尹胤《まさたね》ともつながっている。原胤昭は江戸・南町奉行最後の与力だった。維新後はキリスト教の伝道に力を入れ日本初の教誨師《きょうかいし》となって、昭和十七年まで生きた人物だった。

楫子は玉子に原一族の話をしたかったようだった。

「美術学校を作って生活力を身につけた女性を育成したいというあなたの発想はだれも考えなかったことだと思う。考えついたその大きさに敬意を表します」

可能な限り応援したいと思うと楫子は言った。

そして、

「あなたには本当の教育者としての血が流れているのです」

楫子は念を押すように言った。

「でしたら、院長先生こそ血が流れていますわ」

玉子の印象では、楫子の姉の順子は熊本女学校を創立しているし、楫子自身、女子学院初代校長に就いている。

「わたしは……、一生懸命やってきたけど、きっと落第だった」

人に言えない失敗をしていると楫子は遠くに視線を這《は》わせた。

楫子は酒乱の夫と離別して三女の母でありながら、妻子ある男性と関係し女子を産んでいた。男の不実により懊悩《おうのう》した経験は消えなかった。

「あなたには女性、というより人間として枠に納まらない大きさがあります。これはきっと、あなたが左平太さんを亡くしてつせのところで長く仕えたからだと思います」

つせは楫子のすぐ上の姉である。横井小楠に嫁いで、小楠が暗殺されてから横井家を切り盛りした。つせは小楠に劣らず大きな志を持っていた。

玉子はつせから横井小楠が災禍に遭った際に保持していた短刀を見せられた日のことを思い出していた。

あの日、刃こぼれのある遺品を持ち、

――この八寸の刃を抜けばいい。心の刃を……。

義叔父・小楠が遭難したときを思えばどんな困難も越えられると信じたものである。

つせからことあるごとに聞かされた横井小楠の大きな展望に有形無形に影響を受けていたのかも知れなかった。

「ところで、資金のほうは目処《めど》がついているの」

楫子がきいた。

「実は……、それはこれから考えねばなりません」

苦しい弁明だった。

学校開設にあたり、それなりの資金が必要なことくらいは玉子もわかっていた。みずから貯《た》めたお金を充てるのは当然だったが、もちろんそれでは足りなかった。

校長のほうは、浅井に言われてすぐに藤田文蔵を訪ねて就任の内諾をもらった。藤田は以前、「彫刻専門美術学校」を作ったものの、失敗した苦い経験があったが、再度、学校経営に参画したい気持ちを抱いていた。女子美術学校の件は藤田にとって良い話ではあった。

「姉の久子に頼んでみましょう」

楫子は言った。

楫子の姉、久子は徳富家に嫁いでいる。楫子の実家の矢嶋家も惣庄屋として金銭的には決して不自由していなかったが徳富家ほどではなかった。久子の夫、徳富一敬は横井左平太と大平がアメリカに密航して勉学するというとき、資金を提供した経緯がある。熊本において高い教養を身につけた有力な資産家の一人だった。それ故、子どもの猪一郎が蘇峰として思想家に、健次郎が蘆花として作家となって名をなしたといえる。

「巌本善治さんにも頼んでみましょう」

「巌本さん……」

玉子は巌本の濃い髭と黒目が勝った眼差しを思い出した。

「あの人は顔が広く、頼りになる人なの」

楫子はさらに続けて、

「それに少し当てもあるわ」

と言った。

あとでわかった話だが、楫子の言った当てのある人物は谷口鐵太郎《てつたろう》という男だった。茨城県出身で短期間ながら小学校の教育に携わった経験のある人物だった。まとまった金を持っていて、資金提供した縁で、女子美術学校の設立願に名を連ねることになった。

「それにしても急な話だわ」

それも女子の美術学校を作りたいなんて大きな話をと楫子は言った。咎める風はなく、むしろ楽しそうだった。

「ごめんなさい。思い立ったら吉日と考えて行動を起こしてしまったの」

玉子自身も体の奥から突き上げてくるものを押し止められなかった。

突然の行動は玉子も感じていた。これは今まで経験したことのない体の異変に起因している。自分の命が消えるのではないかという恐れを抱いた。急がねばという焦りに似た気持ちが性急な行動に走らせたのだった。

——学校を開けば援助をしてくれる人もあらわれる。

玉子はそう信じた。残された時間は限られている。とにかく学校を創立させねばならない。それが第一歩だった。

しかし、体の異変のことは楫子には言えなかった。

「あなたが美術学校を作るとなると、この女子学院に勤務していられないわね」

楫子は院長らしい口調だった。

「そうです。ご迷惑をかけます」

玉子は謝るしかなかった。

「何とかするわ。あなたに代わる人材を見つけるのは大変だけど」

楫子の本心だった。

「とにかく、わたしは学校を作るあなたを応援するつもり」

楫子は楽しそうに意欲を示した。

「ありがとう。助かります」

玉子は楫子の手を取った。胸の内が熱い感謝の念で満たされ、思わず涙があふれてきて止まらなかった。

かくして、玉子は明治三十三年（一九〇〇）九月、女子学院を辞職した。四十七歳だった。

玉子が去ったあと、女子学院では穴埋めのための教師として裁縫、作法、図画の三人を雇わねばならなかった。玉子はじつに、三人分働いていたのだった。

十一

それから玉子は女子の美術学校を設立するための準備に追われた。同時に、設立の趣旨書を書いては消し、消しては書いた。

――わたしの新たな出発。

そう思うと時間の経過も忘れ、つい深夜に及んだ。

女子の自立と解放のため、思いのたけを趣旨書ににじませた。推敲《すいこう》に推敲を重ねて文章を練り上げた。

そして、玉子は完成した一文を深夜一人で声を出して高々と読み上げた。

「女子美術学校設立ノ趣旨

夫《そ》れ一国の美術は其《その》国国民の文明知識信仰趣味の程度を説明するに足るものなれば其進歩発達が一国文明の進歩発達に相伴随《はんずい》（注・つき従う）するや論なく其製作品の如何《いかん》が国風の涵成《かんせい》（注・徐々に完成する）に尠《すく》なからざる影響を与ふるやはいふ迄《まで》もなし

我日本は古往《こおう》（注・昔）より美術国と称せられ今日に於《おい》ても漸次《ぜんじ》進歩の域に向はんとす　而《しか》し

て今後に於て時勢の推移文明の増進と共に倍々美術の発達進歩に努めざる可《べか》らざるや多言を須《もち》ゐずして明なり　然《しか》りと雖《いえど》も今日我国に於ける美術教育の情体《じょうたい》（注・ありさま）如何を察するに其範囲は狭く男子にのみ限られたるの観《かん》を呈し女子の美術教育に至りては未《いま》だ殆《ほと》んど顧みられざるの風なきに非《あら》ず　是《こ》れ誠に慨《がい》すべきことに非《あ》らずや（注・なげかわしいではないか）

夫れ女子には自ら美術的の性情《せいじょう》（注・性質）を備ふるものあり　素《もと》より女子の美術的技能を以《もっ》て男子に優れりとするものに非らずと雖も女子には女子特得《とくとく》（注・独特）の技能を有するは蓋《けだ》し否《いな》む可《べか》らず故に女子に向《むけ》て美術的教育を授け其特長を発揮せしめ其特能《とくのう》（注・特別な能力）を完《まっと》ふせしむるは今日の急務にあらずや

吾人《ごじん》（注・われわれ）同志聊《いささ》か茲《ここ》に見る所あり　今回新に女子美術学校を設立し女子美術教育の不足を補《おぎな》はんと期す　而して其の目的とする所は先《ま》づ女子に向て美術教育を施し彼等をして其学習せし所を以て彼等の工芸手工其の他日常の業務上に適応せしめ因《より》て以て彼等が自活の道を講じ得るに資《し》し従て彼等の社会に於ける位置を漸次高進《こうしん》せしめ次には女子師範学校其の他各種の女学校に於ける美術教師を養成して今日の不足に応ぜしめんとするにあり　大方の君子吾人の微志《びし》（注・わずかな志）のある所を諒《りょう》とし賛助を与へらるれば幸 甚《さいわいはなはだ》し（注・非常にありがたい）といふべし

明治三十三年十月」

玉子はただちにこの設立趣旨書に校則と設立願を添付して東京府知事・千家尊福に提出した。発起人は、「藤田文蔵、横井玉子、田中晋《すすむ》、谷口鐵太郎」の四名の連記だった。そして、「私立女子美術学校」は、十月三十日に正式に認可された。

――とうとう願いが叶った。

玉子は認可証を穴が空くほど見つめた。いつまで眺めていても飽きなかった。

認可が下りると、不思議なもので、寄付金や出資金が集まってきた。玉子は金策や有志との連絡に奔走した。

問題は校舎をどこに建てるかである。この間、それなりに物色したものの、適当な物件は見いだせなかった。とりあえず、発起人の一人で、谷口鐵太郎の知人である田中晋の住所を学校建設予定地として届け出た。

玉子は女子学院での経験から、学校を切り盛りするのはいささか自信を持っていたが、土地や建物の知識はほとんどなかった。

「弓町《ゆみちょう》はどうかしら」

と提案してきたのは矢嶋楫子だった。彼女は寄付金集めで絶大な威力を発揮した。あちこちから資金を集めて玉子を側面から支援していた。

「弓町本郷教会のある？」

玉子はたずねる。弓町はいわば通いなれた場所だった。

弓町本郷教会（本郷東竹町）の初代の牧師は海老名弾正（のちに同志社大学第八代総長）である。その夫人は横井小楠の長女、みやだった。二代目牧師は小楠の長男、横井時雄《ときお》（のちに同志社大学第三代総長）である。どちらも熊本時代から玉子にとって親しい間柄だった。何もかも横井小楠の遺徳であった。

「そう。教会のすぐそばで時雄さんの口添えなの」

楫子は言った。

「時雄さんが……。ありがたい話です。でも弓町にそんな場所がありましたか」

かなり住宅が建てこんだ一画で学校を建てられるような場所はないように思えた。

「それがあったのよ」

弓町二丁目の旧大聖寺《だいしょうじ》藩（石川県加賀市居城）藩主・前田利鬯《としか》子爵邸内を借り受けることができた。梅林を切り拓《ひら》けば校舎を建てられるという。

早速交渉に入り百八十六坪を借りられるようになった。学生の募集は翌年——明治三十四年四月からとし、敷地の地ならしが行なわれ、校舎の建設が始まる。

やがて、申請書通りの全面完成ではなかったが、とりあえず建坪三十六坪の小さな校舎が建った。

玉子は新築が成った校舎を見つめた。

——できた……。

女子のための美術学校ができたと思った。

「芸術による女性の自立」「女性の社会的地位の向上」「専門の技術家・美術教師の養成」の三本柱が建学の精神だった。

ここに横井玉子により、日本で初めての女子美術学校は成った。

しかし、そこに多難な運命が待っていたのである。

第四章　本郷の丘

一

明治三十四年（一九〇一）四月一日、本郷区弓町二丁目に女子美術学校は開校した。

玉子と矢嶋楫子は学校の玄関口に掲げられた、『私立女子美術学校』と墨書された校名板を見上げていた。一枚の看板に私立と女子美術学校とが二段に横書きされ、板の周囲には蔓《つる》の飾りが彫られていた。

「とうとうできたわね」

楫子は校舎を前にして玉子をねぎらった。

「小さな学校……」

玉子はいまさらのように口にした。三十六坪の校舎だった。規模は初めに計画していた四分の一でしかなかった。

「あら、大きさではないわ。これから充実させて行けばいいことよ」

楫子は言った。

生徒の募集は三月から数種の新聞に広告を出して始められていた。募集科目は、日本画科、西洋画科、彫塑《ちょうそ》科、蒔絵《まきえ》科、刺繡科、造花科、編物科、裁縫科の八科目だった。今日の感覚から判

断すると、美術学校に編物科や裁縫科があるのは少し異質に映るが、これは玉子の学校設立の趣意にある、

「女子に向《むけ》て美術教育を施し彼等をして其《その》学習せし所を以《もつ》て彼等の工芸手工其の他日常の業務上に適応せしめ因《より》て以て彼等が自活の道を講じ得るに資《し》し従て彼等の社会に於《お》ける位置を漸次高進《ぜんじこうしん》せしめ……」

にあった。

女性が職業を持ち収入を得て自立し、その地位を向上させるのが玉子の目標だった。また、巌本善治の、美術とは音楽、彫刻、詩歌、小説、演劇、建築など、生活を豊かに楽しくするものがすべてふくまれるという発想、さらに、浅井忠の、生活の中にこそ美術をという精神をも反映していた。

楫子は言った。

「それにしても、良い先生を集めたわね」

教授陣は、日本画に島田友春、川端玉章《かわばたぎよくしよう》（日本画家。東京美術学校教授）、武村耕靄、河鍋暁翠、西洋画に磯野吉雄、美学・美術史に岩村透、日本美術史に紀淑雄、家事・裁縫に谷田部純子、外国語に谷紀三郎、教育に尺秀三郎、国語に谷江風、裁縫に土岐栄子など、第一級のメンバーを集めた。また、協議員には川端玉章、高村光雲（彫刻家。東京美術学校教授）も参画した。半年という短期間にこれだけの陣容を形成できたのは、玉子の熱意と矢嶋楫子、巌本善治らの援助の

賜物《たまもの》だった。

「皆さんのお陰です。特に、楫子先生には本当にお世話になりました」

玉子はあらためて楫子に頭を下げた。楫子の献身的な人材発掘と集金活動がなければ開校は無理だった。

「わたしのことはいいの。あなたの大きな発想を応援できてよかったと思っているわ。それより、生徒はどれだけ集まるかしら」

楫子は楽しそうだった。学校設立に役に立ってむしろ感謝している風だった。

「わたしも楽しみです」

と言いかけて玉子は不意に襲ってきためまいに、足元をすくわれた。

「玉子さん、大丈夫？」

楫子は玉子を支えながら、

「顔色が良くない。少し横になったほうがいいわ」

と楫子は教員室に玉子を導いた。

「大分痩せたみたいね」

楫子は玉子の体を支えて歩きながら驚いたように口にした。

十キロ近く体重の減少をみていたが玉子は黙っていた。

「少し無理をしたのね、玉子さん。あちこち走りまわったし、心労も重なったのよ」

長椅子に横たわった玉子に楫子は言った。

「こうしていればすぐに良くなります」

玉子は無理に笑顔を作った。

――これは普通ではない……。

玉子は自分の体に襲いかかっている業病を意識していた。昨年の春頃から、時折、感じている体の変調だった。

その一方で、

――間に合ってよかった。

とつくづく思った。命のある間に開校できてよかった。夢は叶ったのだった。新しい校舎の一室でいま横になって呼吸できている奇跡に幸せを感じた。

「眠くなってきました」

玉子は急に睡魔に襲われた。

「ああ、それなら眠るといいわ」

楫子は言うなり、そばにあった毛布を玉子に掛けた。

玉子はたちまち眠りに落ちた。

それから一週間後の四月八日、月曜日に女子美術学校の入学式が校庭で挙行された。ちょうど桜は満開で、花もたわわな枝の下に紅白の幕が張られ華やいだ雰囲気だった。藤田校長はじめ、協議員、教員たちが列席する中、春風が吹き抜けていた。玉子は舎監の立場で関係者席に着いていた。

この日、藤田校長の考案になる八咫鏡《やたのかがみ》の校章が発表された。八角形の形をした小さな陶製の板に『美』の文字が刻まれ、房が付けられていた。

各士の挨拶は滞りなく進んだ。

初年度の入学者数はわずか十一名だった。

——ありがたいことだ。

玉子は感謝した。たとえ十一名とはいえ、準備が整わないにもかかわらず、よく生徒が来てくれたと、式の間中、生徒を一人一人念入りに眺めたものだった。絵画における題材への没入に似て、生徒たちを網膜に焼き付けた。

「女をペンキ屋に仕立ててどうする」

女子美術学校開校に対してきこえてきた世間の声だった。女子学生が画架と絵の具箱を持って歩くだけで奇異の眼で見られた時代だった。

こうした誤解と中傷をおして女子がよく入学してくれたと深く感謝した。

玉子が命がけで開校にこぎつけた美術学校だった。生徒はいわば、命がけで入学してくれたのである。

感謝しても、感謝しきれなかった。生徒の数ではない。質だと思いたかった。

五月の声をきくころ、

「学校で裸体になるのは不謹慎だ」

「女子校にモデルとはいえ男を入れるなど不道徳はなはだしい」

「男を裸にしてさらし者にする気か」

といった非難や抗議が周辺の住民から寄せられた。

玉子はそのつど美術教育の基本から深奥まで丁寧に説明した。女子の美術学校が世間に理解されるには時間が必要だと、その度に思い知らされた。

生徒たちには、

「世の中になかった学校で学んでいるのです。誇りだけは失わないでください」

と言って指導した。生徒たちが冷静だったのはありがたかった。

それにしても、初年度の入学者が十一名というのはあまりにも少ない人数だった。新聞で広告した期間が開校直前で、時間的に余裕がなかった。日本初の女子のための美術学校という点も浸透しなかった。

——これでは経営して行けない。

玉子は身に沁みて感じた。余剰資金などどこにもなかった。

「どうするかね」

と母のセキも心配そうにたずねた。この頃、玉子はセキとともに舎監として校舎の片隅で暮らしていた。生活のすべてを学校経営に賭けていたのだった。

急遽、途中入学の制度を採用することにした。すると徐々に生徒は増えてきた。やはり募集期間が短かかったのが響いたようだ。それでも生徒の増加には限界があった。

低い知名度も問題だった。

「何かお祭りのようなものはできないかしら」

とふと口にしたのは協議員の一人でもある椙子だった。教会で開催されるバザーには人が集まったものだった。

「お祭り……」

玉子にはいつか上野の不忍池畔で開かれた、浅井忠が率いる明治美術会の第一回展覧会のことが脳裏に甦ってきた。盛況だった。

——展覧会はできないかしら……。

美術学校の生徒が描いた絵や洋服、小物などの創作品を展示すれば、人を呼べるかもしれない。女子だけの組織や催しものがなかっただけに評判になる可能性もある。

こうして、玉子は教職員とともに女子美術協会を夏に立ち上げ、秋には第一回展覧会を開催する予告を新聞に発表した。新聞も注目して記事に採り上げた。

「芸術中細謹縝密の趣味に至りては、男子よりも寧ろ女子にして始めてこれを発揮することを得べきものあらんをや。また手芸発達の大いに女子の精力を高め、品位を上ぐるに力あるべきをや。

今回の展覧会の如きは実にその初回なれば、出品に未だ著しき傑作を見ること多からずと云へども、また以て後来の進歩を卜するに足る」（十一月二十八日付・『東京日日新聞』）

女子美術学校の存在は少しずつではあるが、世間に知られるようになった。とはいうものの学校を維持する人数にはまだまだ苦しい生徒数だった。

新学期も始まった九月末になっても、生徒は依然として増えなかった。

「このままだと学校の存続も危うい」

そう玉子が危機感を募らせたときに思わぬ事態が起こった。悪いときには、悪いことが重なるようだった。

二

連日、爽《さわ》やかな秋風が吹いていたものの、急に冷気が降りて、一転して冬を思わせる日だった。ただでさえ体調は良くなかったが、寒暖の差は玉子の身に応《こた》えた。咳が止まらなかった。その玉子のもとに一通の速達便が届いた。発起人の一人である谷口鐵太郎からだった。

出資金の返済を求める書状だった。

谷口は以前から学校経営に苦情を寄せていた。最大の出資者の立場として、生徒が集まらないのは経営方針が間違っているからだと事あるごとに玉子らを批判してきた。では、どう経営を刷新すればいいかを問いかけると口をつぐんだままだった。経営不振に事寄せて批判しているが、谷口自身に将来の展望はなく、要するに儲《もう》けの当てがはずれて不満をならべているのだった。

玉子は藤田校長に相談した。

「この手できたか」

藤田は書状を読み終わってつぶやいた。

じつは、谷口にまつわる良からぬ噂は玉子の耳にも入っていた。妻子持ちの身ながら、学校に出入りする関係者の婦人に道徳的に許されない行為に及んでいるという。真偽のほどはわからなかったが、とかく女性にまつわる噂の絶えない人物で、教育にたずさわるには適正を欠いていた。

「横井さんは学校の会計帳簿を見たことがありますか」

藤田はきいた。

「いえ、ありません」

授業内容の充実や生徒集めに心をくだくばかりで、帳簿を見る暇《いとま》はなかった。第一、会計のほうは専門家に任せている。

「何かあるのですか」

玉子は不安になってたずねた。

「うむ……」

藤田は言いにくそうだった。

「あの二人に任せきっていたわれわれにも問題があるのだが、使途不明の金が多数見つかっている」

もう一人の発起人である田中晋が開校以来、会計主任に就いて、谷口と二人で会計帳簿をつけていた。二人は共謀して着服していたのである。

「帳簿の不備を先日来、問いただしていたのです。返答に困って、こういう所作に及んだのでしょう」

藤田は谷口からの手紙を机に叩きつけた。

玉子は言葉が出なかった。

――出資金の返済……。

開校から半年。目に見えないが、何かが壊れて行くような気がした。

「彼等に生徒が集まらない云々をいう資格などありません」

まだほかにもいろいろ問題を起こしていると藤田は言った。怒りがおさまらないようだった。

「どうしたらよいでしょうか」

しばらくして玉子はきいた。

「ここは当面、相手の出方をうかがうしかないでしょう」

藤田は校長らしい配慮をみせた。玉子より七歳下ながら世故には長《た》けていた。

谷口と田中の二人は、一刻も早く出資金を回収して、学校経営から手を引きたかったようだった。

「どうも、わたしが関与すると学校が立ち行かなくなるようだ」

藤田は苦笑いを浮かべた。以前、みずから作った彫刻専門美術学校をつぶしている。

――わたしも……。

と玉子は密かに思った。原女学校を玉子の先祖の一族が作ったものの、経営難から、やがて女子学院に吸収された。自分にも学校を失敗させる何かがあるのかもしれないと思った。

その後、発起人の谷口と田中の二人は十一月をもって辞任届が受理され、学校から去って行った。

両人はおのれの非を認めず、あまつさえ退任に当たって、二千円の加算金を要求してきた。優に家が一軒建つ金額である。

藤田と玉子は交渉の結果、谷口に学校より六百円、藤田の懐より四百円、田中には六百円を渡して決着をみた。

両人はこの交渉で得た資金を基に、やがて女子美術学校に対抗して、明治三十五年二月に「東京女子美術学校」を神田に開校した。出資金の返済を急いだ理由には、こうした自分たちの狙いが隠されていた。女子美術学校の教育内容をほとんど真似していて、絵画、刺繡科のほか、音楽科、写真科、諸礼科を設置した。しかし、学内の内紛が絶えず、ほどなく閉校に至った。

一方、女子美術学校も、二人の発起人の辞任と出資金の返済とで、経営的危機は一層深刻な事態に陥り、学校の存続はほとんど絶望的となった。

——もはや廃校しかないのか……。

玉子は腹をくくった。

「傷が広がらないうちに撤退するのもひとつの方策だよ」

母のセキは痩せ衰えて苦慮する娘の玉子を見かねてそんなことを口にした。

幸い学校自体には借金がなかったが、校長の藤田は自腹を切っていて、玉子も自己資金を持ち出していた。

——止《や》めるなら今しかない。

玉子はその夜、眠れなかった。そして、寝床から起き上がると提灯を灯して学校の内部を隅々まで見て回った。校内は物音ひとつ聞こえず、闇に包まれていた。廊下、机、壁、やがて夜が明ければ内情を知らない生徒たちが登校してくる。みずから建てた学校が呼吸しているように思えた。教室内が蠟燭《ろうそく》の明かりで淡く浮かび上がっている。

——生きている。

息づかいが聴こえた。これは消してはならないと思った。

——誰か……。

誰かこの窮状を救ってくれる人はいないかと思いをめぐらせた。

そのときふと思いついた人物は浅井忠だった。フランス留学中である浅井の近況を伝える記事を先日、新聞で目にしたばかりだった。浅井は藤田文蔵を女子美術学校の校長に推薦した人物でもある。浅井が国内にいれば相談したかった。しかし、これは無理な話である。

ところが、浅井を思い出したことで頭に浮かんできた人物がいた。

浅井らの明治美術会が上野不忍池畔で開いた第一回展覧会の会場で、浅井が紹介してくれた女性――順天堂医院の院長夫人。佐藤志津である。

そのとき、佐藤志津は玉子が左手の甲に負った火傷のことを話した。覚えていてくれたのである。

――あの人に相談してみよう……。

玉子は佐藤志津を訪ねてみようと考えていた。

教室内がひときわ明るく照らされたように感じた。

三

佐藤志津はいま帰って行った女性のことを、庭の草木をぼんやり眺めながら思い返していた。

志津が駒込妙義坂に邸宅を構えて数年を経る。敷地は千五百坪ほどで、屋敷は二十五の部屋数があった。周囲にはくぬぎ林が繁り武蔵野の面影が残っていた。庭は順天堂の職員を招いて園遊会も開けるほどに広くとってある。このような、いわば財力を得たのも、ひとえに夫、進の実力と名声によるものだった。医者として明治十二傑に選ばれ不動の地位を築いていた。順天堂医院の評判は日本中に鳴り響き、患者は全国から集まってきていた。

訪ねてきた女性――横井玉子だった。

「さて、どうするか……」

志津は籐椅子にもたれながらつぶやいてみた。

「女子美術学校を救ってください」

と玉子は深く頭を下げていた。

玉子の女子への美術教育に賭けた情熱には心打たれるばかりだった。美術の充実こそ女性自立の鍵という発想にも賛同できた。

志津は、その場で、

――何とかしたい。

と思った。そう考えた自分が不思議ではあった。体の奥から自分を突き動かす何かがあった。

その正体はわからなかった。

志津がもう十二年前にもなるが、不忍池畔での展覧会場で横井玉子に会ったとき、美術には裁縫や手芸も含まれると玉子は語っていた。裁縫や刺繍、細工物なら、堀田家の松姫を相手に一緒に制作した楽しい経験があった。美術が急に身近に感じられたものだった。

「生活を楽しく豊かにするものはすべてふくまれます。美術は女子も学んで、いや、女子こそ学んで意義ある学問だと思います」

彼女は気負いもなくそう言った。

忘れられない出会いだった。

今、冷静になって考えても、女子の美術学校を潰してはならないという思いはつのった。

だが、現実に戻って考えると、そうした傾いた赤字の学校を、この自分に建て直すことは可能だろうかと思った。決断がつかずに志津は椅子から立ち上がり窓辺によった。

そのとき、

「救ってください」

という玉子の真剣な顔がガラス窓に映って見えた。

――一度灯した火を消してはならない。

ただただそう心にとめた。

そして、順天堂医院を背景にした財力をもってすれば救えるような気がした。

その夜、帰宅した夫の進に今日の来訪者について話した。

「ほう、そんな人が、一体何の用だ」

進はきいた。

志津は横井玉子が懇願してきた女子美術学校の問題について伝えた。

「そこで……」

志津はここでひと呼吸置いた。置かなければ、先が言えないと思った。

「美術学校を引き受けたいと思います」

思い切って口にした。

「本気か。どうかしてるぞ」

進はとりつく島がなかった。声を荒らげている。

――やはり……。

志津の予想通りだった。そう簡単に夫が賛成するはずがない。

「やってみたいと思います」

志津は再び言った。

「どうした、志津。冷静になれ」

「わたしは冷静です」

「冷静な人間が今日急に来た人物の願い事をそうたやすく引き受けるものか。学校をひとつ責任もって預かるのだぞ」

「わかっています」

「第一、見も知らない人物に肩入れして何になる」

「それはちがいます。見も知らない人ではありませんわ」

志津はできるだけ冷静になった。

「そんな横井玉子とかいう人物は全く知らない。馬鹿げた話は早く忘れることだ」

「それが、そうでもありません」

「どういう意味だ」

「あなたは横井さんに会っています」

「会ってる……。知らないなあ。どこでだ」

「佐倉です。佐倉順天堂に患者として来たことのある人です」

「患者か。それならいちいち覚えていない」

「そうでしょうね。でも、左手に大火傷を負った少女を紫雲膏で治療したことは覚えているでしょう」

十一歳の少女だった。

「ああ、長谷川泰と一緒に診たものだ」

覚えていると進は言った。

「たしか鉄砲洲からわざわざやってきた患者だった。まさか……」

進は目を大きくみひらいた。

「そうです。そのまさかの人が、横井玉子さんです」

「あのときの少女が……」

思い出に浸るように進は目を細めた。

「その、横井さんは今は四十八歳になられています」

「もう、そんな歳になったか」

「火傷は痕形も残っていません。深く感謝していました」

「そうか」

何度かうなずいていた進は、

「だが、それと、今度の学校とは関係のない話だ」

とあらためて美術学校の件に反対した。

志津は夫の強い反対の意志を感じた。しかし、それで引き下がるわけには行かない。

「あなたは浅井忠さんの絵を気に入っていらっしゃいますね」

佐藤家は浅井忠から一枚の絵を贈られている。佐倉近郊の田園を描いた晩秋の風景画だった。

「ああ、癒やされるというのか、疲れたときに眺めていると心がなごむのだ」

進は浅井の絵を自分の書斎に掲げていた。

「浅井くんはどうしているのかね」

「フランス留学中ですわ」

「そうだった。フランスに留学とは、彼も立派に成長して大家になったものだ。佐倉で会ったころは、まだ少年だったなあ」

ほぼ十歳下の浅井を進は懐かしそうに思い出していた。

「彼の描く解剖図でどれだけわれわれ外科医が助かったかしれない。解剖図は外科医の道しるべだった。彼は恩人だよ」

塾監の岡本道庵も浅井に感謝していたのを志津はいつも耳にしていた。

「そういえば、浅井くんの不忍池の展覧会には行けずじまいだった」

外務省前で暴漢に襲われた大隈重信の治療に専念していた時で、全く時間がとれなかった。

「あのときの展覧会でわたしは初めて横井さんにお会いしました」

浅井さんに紹介されたのですと志津は言った。

「浅井くんに？　なぜだ」

進は浅井と横井玉子は関係づけられなかった。

志津は横井玉子が浅井忠から絵を習っていた旨を話した。

「すると横井という人は浅井くんの弟子か」

進は驚いたようだった。無関係と思っていた人物が自分の恩人につながったのだった。

「そうだったか。あのとき行けたら会えたのにな」

惜しいことをしたと進は横井玉子に親近感を覚えたようだった。

紅茶が運ばれてきた。進は丸六年のドイツ留学後、紅茶党になっていた。珈琲は苦手だった。

しばらく二人はダージリン茶を味わった。

やがて進は、

「君には何の経験もないのだぞ」

と志津に言った。

志津は夫の口調から女子美術学校の件を受け入れてくれたと思った。

「経験ならあります」

と志津はこたえた。

佐倉順天堂では補佐とはいえ、進と結婚して以来、経営を切り盛りしていた。門人は多数いたが一人一人の事情も掌握しているつもりだった。

——面白かった。

裏方ではあったが、自分の工夫や考えを診療の現場に反映できた。同じことが美術学校でできると考えた。

それと、女子の美術学校に関係するのは、女としてやり甲斐があった。これは自分自身の問題でもあると思えた。自分の生き方を問われていると考えた。

「医学校と美術学校はちがうのではないか」

進はきいた。

「確かに。でも、やってみなければわかりませんわ」
「そういうだろうと思った」
君は言いだしたらきかないからなと進は半ば笑っていた。
「あなたの同意が得られましたら、横井さんに条件を二つ提示しよう思っていました」
志津は言った。
「ほう、もうそんなことまで考えていたのか」
それは何だと進はきいた。
女子美術学校を引き受けるについて、志津の条件のひとつは、交わすべき誓約書の内容だった。
後日、藤田文蔵、横井玉子と佐藤志津の間で取り交わされた誓約書が現在も残されている。
「誓約書
拙者等女子美術学校創立発起人トナリ辛苦経営罷在候處今般都合ニ依リ生等一同発起人タル事ヲ辞任シ発起人タルノ権理〔ママ〕ヲ貴殿ニ一任致候然レドモ生等本校ノ関係ヲ絶チ脱退候儀ニハ無之貴殿ノ御指導ノ下ニ誠實ヲ尽シ何時迄モ本校ノ為ニ勤勉可致候此段誓約致候也
明治三十四年十一月十日
藤田文蔵
横井玉
佐藤静子殿」

学校の存続が危ういという経過からして、藤田文蔵、横井玉子の両人が学校経営から一切手を引くという内容ならわかるが、この誓約書の場合、佐藤志津の指導の下、今後も学校経営を続けていきますというものだった。志津は両人に経営の継続を許している。世にも珍しい誓約の内容である。

志津は今まで通り自由に玉子に学校の運営に関与できるよう配慮したのである。

「もうひとつの条件は何だ」

進はたずねた。

「そこです。これはぜひあなたに頼みたいことです」

志津は紅茶を飲み干して座り直した。

「あなたにあの人を診ていただきたいのです」

志津は言った。

「診る……。体をか」

進は怪訝そうに問いかけた。

「そうです」

志津は玉子の体調は尋常ではないと考えていた。

「あの人はこの国にはじめて女子の美術学校を建設するために精根使い果たしました。無理をした体を診ていただきたいのです」

「もうひとつの条件というのは、それか」

進はたずねた。

「そうです。ぜひお願いします」

「それはかまわない。相当悪いのか」

「一言も口にしませんが、無理に無理を重ねています。心身ともに疲労の極に達しています」

「そうか……」

進は志津の口ぶりから玉子の深刻な容体を嗅ぎとったようだった。

「あの人は命がけで女子の自立を願って行動しました。できるだけのことをしてあげたいと思っています」

志津は自分の思いを吐露した。

「わかった。いつでも診よう」

と進は承諾した。

それから、進はしばらく何か考えていたが、

「ところで、君はどうしてそんなに横井さんという人に肩入れするのだ」

ときいた。

「肩入れ……」

いけなかったでしょうか、と志津は応じながら、身構えている自分を感じていた。

「いい悪いの問題ではない。第一、君はその人に何の義理も縁《ゆかり》もないではないか」

「そうです」

それはわかっています、と返事したものの、志津は後が続かなかった。横井玉子という人物を支援する真の理由は夫にも理解してもらえないような気がした。

「これだけははっきりしておく」

進は珍しく強い調子で続けた。進は佐藤家に養子に入っていたが、普段から遠慮している風はなかった。

「わたしはそんな学校の経営などには本当は反対だ。親戚もきっと異議をとなえてくるだろう」

実際、親戚筋は猛反対してきた。縁を切るとまで強行に談判してきた親戚もいた。負債を抱えて累が及ぶのを恐れていた。

「学校を引き受けたところで、何の得にもならないだろう」

進は言った。

「わかっています」

志津は再びそう答えた。

四

――どうして肩入れするのだ。

志津は夫の言葉を胸のなかで繰り返した。

夫の疑問はある意味で当然かも知れなかった。一家を背負い、医院を経営しているのである。生活や経営について、安定と安泰を図らねばならない。

志津はこの日の昼に訪ねてきた横井玉子とのやりとりを思い返した。

女子美術学校の窮状を訴える玉子の話を志津は黙ってきいた。

話を進める玉子の憔悴《しょうすい》と体調不良は歴然としていた。が、彼女の学校経営への意欲と情熱はいささかも変化していなかった。

その玉子に、志津は、

「あなたはどうしてそこまで美術学校に熱心なのですか」

と問いかけた。まるで学校と心中しようとしているとしか思えないところがある。

「ご自分の体のことを少しは考えないと取返しのつかないことになりますよ」

志津は玉子の本当の体調を知らなかったが言わずにいられなかった。自分の身を案じれば、学校など投げ出してしまえばいいのである。

「わかっています」

玉子は静かにうなずいた。

「では、なぜ、そこまで身を粉にして学校に尽くすのですか」

志津の問いに、玉子はしばらく考えて、

「わかりません」

と答えた。

「女子の職場を確保し、女性の自立を図りたいとの思いから学校を建てたのです。その思いにいささかの後悔も動揺もありません。でも……」

「でも、何でしょう」

「何か別の力が働いて、わたしを突き動かしたのです。ただ、学校を建てたいとの希望だけでは、自分でしたことながら、あれだけ短期間には学校を創立できなかったと思います」

「そうでしたか。その別の力とは何でしょう」

志津はきいてみたかった。

「それがわからないのです。わたしにはうまく説明できません」

玉子は申し訳なさそうに言った。

志津は目の前にいる女性に親しみと敬愛の念をいだいていた。同性に対してあまり覚えたためしのない感情だった。

彼女には言うに言われぬ雰囲気があった。窮状を訴えているが、つきつめた悲壮感はなく、また、弱々しさもない。むしろ、凜《りん》とした勁《つよ》さ、芯には逞しさがあった。それは、命を投げ出すことも厭《いと》わない潔さのようなものだった。

「それにしても、なぜわたしのところにいらしたのですか」

志津はきかずにいられなかった。依頼するなら教育や美術界を含めもっと適当な人がいたように思える。

「佐藤様とは何のご縁もありませんのに、このようなご面倒をおかけして本当に申し訳なく思います。今回のことは、ただただ、佐藤様にお願いすれば道がひらけるように感じたからです」

玉子は深く頭を下げた。

「わたしに何かできればいいのですが……」

志津は言いつつ、何ができるだろうかと考えた。だが一方で、支援したいという気持ちは玉子と話せば話すほど高まっていた。

「あなたは武術の心得がありますか」

志津は急にそんな質問を投げかけた。ふと思いついたのだが、気がついたときには、もう口に出していた。

薙刀《なぎなた》を習っていた志津自身にしてみれば、ちょっとしたときに見せる玉子の挙措《きょそ》に武術に通じた物腰を感じていた。武術は心身を鍛練するものの、とりわけ礼儀を重視する。そうした礼式に適った態度を玉子に感じていた。

「武術のたしなみなどありません。ただ……」

　玉子は言いかけて口ごもった。

「ただ、何ですの」

　志津は先を促した。

「武術など知らないわたしですが、胸の内に短刀を呑んでいるかもしれません」

　玉子は志津を直視して言った。

「短刀？」

「ええ、不吉な話にきこえるかもしれませんが、心の刃《やいば》を持っています」

　それから玉子は義父・横井小楠が京都で暴漢に襲われて命を落とした事件を語った。三カ所の刃こぼれのある短刀を手にした日のことは忘れられなかった。

「小楠の短刀を握って以来、何かあったとき、心に八寸の刃を抜いて対処すればいいという思いはあります」

「なるほど。すると、玉子さんは横井先生の家に住んでいたのですね」

「そうです。先生の奥様のもとで丸四年ほどお世話になりました」

「そうでしたか」

志津が横井玉子のかもし出す雰囲気に武士道を感じたのは、あながち的はずれではなかったようだ。家老の家に育ち、さらに横井家で長年、生活すれば、武士の心構えは人並み以上に培われるはずだった。

志津自身は、十四歳のとき、屋敷に押し入った賊を愛用の薙刀「撫子丸」で退治した。心の刃ではなく、実際の刃物で立ち向かった。

薙刀は当然ながら武士道を重んじる。試合をする前は礼を尽くした挨拶を交わしてから戦いに臨む。正しい礼儀作法を試合の勝ち負けより重んじているほどである。

また、薙刀を受け渡す際に、渡す方は刃を自分の方に向けて、刃部を右斜め上に立てて相手に向かう。受けとる方は相手の両手の中心に左手をかけ、右手を相手の左手下方に添えて、お互い黙礼して受け渡しを終える。

志津はこうした薙刀の礼儀作法が気に入っていた。そして、玉子に礼儀正しさを感じ、親近感を覚えたのである。

この礼に適った空気の中、志津は女子美術学校に肩入れしようと決意した。

——武士道。

これは女武士道ではないかと思えた。損得抜きの世界である。

引き受けは即断といってよかった。周囲の承諾や夫を説得する時間のことなど、あまり頭になかった。

引き受けるについては、薙刀を受け渡す際の礼儀作法を手本にしたかった。

志津のほうが優位を誇示して、一方的に有利になる受け渡しは避けたかった。対等の立場を確認する誓約書を交わしたいと思った。

それが志津の条件だった。

「おまかせいたします」

一言、そう玉子は言って帰って行った。


進は志津の横井玉子への肩入れが理解できないようだった。何の得にもならないと心配するばかりである。

「一旦、横井さんに約束したから引くに引けなくなって依怙地《いこじ》になっているのではないのか」

進は志津の性格を見こしてそんなことを言った。

「いえ、それはありません」

志津は強く否定した。そうした一時のこだわりの感情で事を進めるつもりはなかった。

「あの人の意気込みと真剣さに感激したからです。命がけで頼みにきた人を追いかえす勇気はわたしにはありません」

志津はそんな風に説明した。無意識に口をついて出た言葉だった。

そのとき、不意にこれではないか、と思った。他でもない、玉子から美術学校を引き受けた理由である。自分でとった行動ながら、自分でもよく理解できない部分があった。

——同事《どうじ》を実践していた……。

相手と同じ立場に立って救援することが禅の教える「同事」だった。

横井玉子に対し、玉子の身になって苦境を救済する自分がいたのである。

志津はここ数年、芝・青松寺の講話会によく出かけていた。初めは進に誘われて出かけた講話会だったが、その後、進のほうは多忙で休みがちだった。だが、志津はほぼ毎回、北野元峰住職の講話を聴きに出かけていた。〝青松寺の元峰さん〟として知られる元峰禅師の説法は、魂を揺さぶられ志津にとって意義深い内容だった。志津は講話会の常連の一人になっていた。

また、禅の神髄を修めるつもりで、講話とは別に参禅にも通った。結跏趺坐《けっかふざ》を組んで座り、坐禅堂で集中して自分と向かい合って心を磨く時間とした。ひたすら座ることだけに勤めた。

このたび、玉子に対し「同事」を実行した。禅の説く徳のひとつである、「同事」の精神がいつのまにか身についていたのだった。尊敬している元峰禅師の教えが体得できていることに驚きもし、感謝の念も起こった。

この瞬間、志津は横井玉子の女子美術学校を支援し、自分の手で再建することを強固に決意した。何があっても横井玉子をはじめ、関係者や生徒たちを失望させないつもりだった。

「命がけで頼みにきた人を追いかえす勇気は、わたしにはありません。それだけです」

志津は繰り返した。

「それだけか」

進はきいた。

「そうです」

志津は即答した。すでに自分の道を決めていたので態度は揺るぎなかった。

「そうか……」

進はあまりに志津が強く応じたので、やや気圧《けお》されたようだった。

「では、志津にきくが、その美術学校に生徒が集まらなかったらどうするのだ」

進にしては厳しい口調だった。

志津は黙っている。

「どうするのだ」

再び、進はきいた。

「そのようなこと、まだ考えていません」

今日決めたことであり、実際考えていなかった。

「それではだめだ。経営者なら考えるのは常識だ」

進は一呼吸置いて続けた。

「生徒が集まらなかったら止めにするがいい。医院でいえば、患者が来なければ、医院を閉めるしかない。患者が来ない医院は経営も成立しないが、世の中に認知されないという証でもある。

開業していても成功は覚束ない」

そう思わないかと進はきいた。

「思います」

志津はそれが道理だと思った。

「だったら、生徒が集まらなかったら止めにするがいい。これは、わたしからの条件だ」

進は強い調子で言った。

「わかりました。生徒が集まらないときには止めます」

志津はそう確約した。生徒は集まると信じたものの、自信はなかった。だが、もう踏み出したのである。進むしかなかった。

五

学校を引き継ぐ契約を交わした志津は玉子に順天堂医院で診察を受けるよう何度か誘った。

だが、そのつど、

「時間がありません」

と言って医者に罹《かか》るのを嫌がった。授業の割り振りや教授の手配、業者への支払いなど、何かと時間がないと理由をつけて医院行きを拒んだ。

それでも諦めず、志津は再三にわたって玉子を誘った。

年が明けて正月気分も抜けるころ、玉子の様子に変化が見られた。

「お願いします」

と玉子はようやく順天堂行きを承諾した。

この年——明治三十五年（一九〇二）、正月の厳しい寒波は初詣《はつもうで》の人出にも影響して、多くの人々は外出を控えて自宅で過ごしたものだった。

玉子はこの寒さで体調を崩していた。体力が落ち、弱気にもなって医者に罹る気になったようだった。

志津は玉子を学校まで出向いて手を引き、人力車に乗せて順天堂医院に案内した。

「医院に来るのを嫌がるはずだ。このまま入院したほうがいいくらいだった。それは当人が一番よく知っている」

進は玉子が帰ってから深刻な様子で志津に言った。

「そうですの。横井さんにそう話したのですか」

「もちろんだ。休んだほうがいいと強くすすめた。だが、学校の用事があるからと帰ってしまった」

「どんな病気ですの」

こわごわ志津はたずねた。

「胃の悪性腫瘍だ」

進は感情を交えず事務的に伝えた。

——やはり……。

志津は気持ちが萎《な》えるのを感じた。玉子の顔色から、相当悪いとの印象を受けていたが、それが当たってしまったのである。しかも忍び込んだ病魔が、がんというのは予想した中でも最悪の結果だった。

「入院して体力をつけ、病気をはね返す力を蓄える必要がある。今は普通の生活ができる体ではない」

「手術は？」

志津の声音はつい落ちていた。

「今のままでは無理だ」

「体力を養えば可能なのですね」

志津はそこに望みをつないだ。

「進行の具合にもよるが……」

進は口ごもった。

「どうなのです」

志津は明らかにしておきたかった。

「がんの進行は患者の様子次第だ。そうとしかいえない」

進は夫というより、医者の立場で応じた。

「わたしは何をしたらいいでしょうか」

志津は、医者である夫に問いかけた。

「すみやかに入院生活ができるようその手筈を整えることだ。そうすれば、少しは未来が開けるかもしれない」

「わかりました」

志津は医者の言葉を胸におさめた。

それからの志津は玉子に会うたび、強く医院行きを促した。が、玉子は感謝の念をあらわすだけで容易に順天堂に足を運ばなかった。

一方で、

――生徒が集まらなかったら止めにするがいい。

という進の条件が常に志津の耳元に響いていた。

志津は横井玉子と誓約書を取り交わして以来、女子美術学校自体の運営は玉子や藤田文蔵たちにまかせ、自分なりに知恵をしぼり、生徒集めに動いた。人に会うたび、また機会をみては、学校の教育方針や授業内容を話した。

同時に、学校内の結束を固めるために、志津は駒込妙義坂の自邸に在校生と職員たちを招いて交流を図ることを思いついた。そろそろツツジが咲き始めた爽やかな四月末に園遊会を開いた。庭先に椅子とテーブルを出し、軽食や飲み物も用意した。

志津は玉子を庭の散策に誘った。雑木林が残り、木々の間に涼しい風が吹き抜けていた。

「こうした催しなど考えもつきませんでしたわ」

いつになく玉子は爽やかな表情で言った。体調も一段落しているようだった。

「学校を創り、維持するだけでたいへんなことです。わたしはそのお手伝いができればと思っただけです」

それが志津の正直な気持ちだった。

さらに、秋には全校生徒を菊見会に呼んだ。職員と生徒、生徒の家族、卒業生が一体となった明るい家族的な校風が培われたのは、志津のこのときの発想が出発点となっている。

「生徒がもう少し増えるといいのですが……」

玉子の気がかりはそこに集中していた。

「そのうち増えますよ」

安心してくださいと志津は言った。生徒集めの活動を粘り強く続けているが、反応は今ひとつだった。だが、玉子を不安に陥れるのは避けたかった。

「安心してください」

と志津は繰り返した。

玉子は黙ってうつむいていた。

ところが、その後、生徒の応募は思わぬところからもたらされた。

「うちの娘に手芸を習わせたいのだが……」

「油絵の基礎を習得したい」

「洋裁も教えてもらえますか」

といった問い合わせや入学希望者が少しずつではあるがあらわれたのだった。

そうした声の多くは芝・青松寺の講話会に集まる政界や経済界の一線で活躍する人物たちの子女と、その重鎮たちに連なる子女たちだった。徐々に生徒が増えると口伝えからか、不思議なもので入学者は加速した。

また、志津も発起人に名を連ねた慈善団体、福田会で一緒に活動している毛利安子公爵夫人をはじめ、多数の女性たちが志津に協力してくれた。奉仕の精神を重視する人たちの集まりに志津は溶けこんでいたのだった。

さらに、父、尚中《たかなか》が佐倉から上京して明治天皇の侍医を務めたとき、志津も請われて三年間ほど宮中に出仕した。そのときからの交際も続いていた。

志津のこうした幅広い交遊範囲と女子教育に意識の高い人物たちとの交流で、女子美術学校には他の学校にはない、高貴な中にも個性的で自由な空気が醸し出されていた。その校風を慕って、生徒数も増加した。

六

女子美術学校の生徒数の増加にともない、玉子からの学校引き継ぎは成功に向け薄日が射しはじめたかに見えた。

しかし、志津が十一月に駒込妙義坂の自邸で職員や生徒全員を菊見会に呼んだ一週間後のことだった。玉子が口から血を吐いて校内で倒れ、そのまま順天堂に入院したのだった。

「すみません。こんなことになって」

ベッドに横たわった玉子は駆けつけた志津に言った。

「何をいいますか。ゆっくり休んでください」

志津は玉子の手を取り語りかけた。その握った手があまりに骨ばんでいるので思わず涙が出そうになった。

——こんなに痩せて……。

志津は玉子の小さな手を両手で包んだ。

「佐藤様、わたしはもうだめです」

玉子の声はか細く、弱々しかった。

「玉子さん、心の刃を抜いて病魔を退散させてください」

「ありがとう。でも、今回はもうだめです。いくら短刀を抜いてもどうにもなりません」

玉子は首を左右に振った。

「佐藤様……」

玉子は何か言おうとしたが、続かなかった。

「お体に障ります。そのままで」

志津は玉子の手を握りしめた。

玉子も握り返した。

「学校のこと、本当に助かりました」

「火は決して消しませんよ」

「安心しておまかせできます。わたしは良い人に出会って幸せです」

わずかに微笑んだ玉子の目から涙があふれてくるのを見て志津は自分も涙を止められなかった。

しばらく二人は声もなくただ手を握り合っているだけだった。

やがて、玉子は、

「これを預かってください」

と枕元に置いた袋の中から一枚の布を取り出した。夫、左平太が玉子のためにアメリカから買ってきたスカーフだった。クリーム色の地にぼかしのかかった赤い薔薇が一面に散った絵柄だった。

「夫のアメリカ土産です。こんな物で申し訳ありませんが、わたしの形見と思って引き取ってください」

「そんな、気を強く持ってください」

志津は縁起でもないと思った。

「いえ、自分の体は自分でわかります」

どうぞ、くれぐれも学校のことをよろしくお願い致しますと玉子はスカーフを渡し、再び志津の手を強く握った。

二人はお互いの手を握り合い、目と目で語り合った。いつしか玉子は深い眠りに落ちた。

しばらくして志津は病室を出た。

廊下には白衣姿の進が待っていた。

進は黙って首を横に振った。

「腫瘍は相当肥大している。今はもう手術は無理だ」

「わかりました」

「安らかに……。それを祈るばかりだ」

進は医者らしい落ち着きをもって言った。

「ありがとうございます」

志津は玉子と一心同体だった。心の底から進に深く礼を述べた。

それから順天堂あげての治療と看護につとめたが、ほぼ二ヵ月後の年が明けた明治三十六年（一九〇三）一月四日、玉子は息を引きとった。享年、五十。

玉子は遺骸を解剖に付し、遺骨は美術学校の教材にするよう遺言していた。

だが、死後、解剖は行なったものの、情に忍びないとして学校は遺骨の提供を受けなかった。

遺骸は学校の寄宿舎に安置され、葬儀はキリスト教式により一月八日に谷中斎場で執行された。

参列者は引きもきらず、なかでも巌本善治の弔辞は人々の印象に残った。

「君、表に静淑にして、裏に貞剛《ていごう》、口に寡黙にして、心に濃切なり。其態度言行は、旧日本婦人の純なるものにして、其精神理想は、新日本婦人の魁《さきがけ》たり。半生子弟に教ふる所、表面卑近実用の事多くして、其感化する所の尤《もっと》も大なりしは、裏面も反対したる性格の微妙なる調和を見たり。中に就き、君が晩年心血を致し、身の枯るるをも忘れたまへるは、美術の女学にてありき」

そして、最後に結んだ。

「君が遺したる骨は、女子美術学校の建築なり、君が遺したる生命は校内に充《み》ち満ちたる感化淑徳なり。たとひ、君が亡《な》き骸《がら》は、土に化し、たとひ、君が墓標は雨に消ゆるとも、厳たる此学校と、温たる此感化とは、長久《とこし》へに失《う》せじ」

弔文が後日、『婦女新聞』（明治三十六年一月十九日）に掲載された。

横井玉子は東京都・台東区の谷中霊園に葬られた。今日もなお、夫、左平太（時治）の墓とならんで眠っている。

志津は命日に墓参を欠かさなかった。

七

佐藤志津は横井玉子から学校の経営を託され、明治三十五年（一九〇二）一月、私立女子美術学校の校主に就任した。

志津は従来通り、玉子と藤田文蔵校長に学校の運営を委ねていた。しかし、その玉子が死去し、藤田文蔵が校長を退任するに及んで、明治三十七年一月、志津は女子美術学校の二代目校長に就くこととなった。

この間、志津の熱意と努力が実を結び、生徒数は格段に増加した。そこで、校舎を増築し、定員を四百名、寄宿生六十名と増員した。その資金は志津の人脈を駆使して寄付を募り、一方で夫、進の主宰する順天堂からたびたび援助を仰いだ。

「お願いします」

と志津が支援を頼む。そのときどきで援助の内容も金額もまちまちだった。

「またか」

と進が応じる。

不定期ながら佐藤夫婦の間で交わされる会話だった。

志津は女子美術学校の苦境を事細かに訴える。進は半分舌打ちして迷惑顔だったものの、生徒が増えているのは評価した。夫としてできるだけ応援したいという姿勢だった。

最後に、進が、

「わかった。大野に伝えておく」

と言っていつも援助の話は終わる。

順天堂の会計主任は、大野伝兵衛だった。万延元年（一八六〇）に尚中の次男として生まれている。幼名は哲次郎。志津より九歳年下だった。千葉・東金で茶園を経営し、家伝薬「大野一角丸」を売る資産家の大野家に幼くして養子に入って、九世大野伝兵衛を名のった。家業を継ぐ一方、大野銀行を設立した。明治三十一年からは順天堂の事務長に就任し、経営に参加していた。

経理と資産運用に明るく、順天堂隆盛の影の立役者だった。もちろん、進の名声と人望が順天堂を潤わせたのだが、大野の金銭的才覚がなければ、日本を代表するような病院には発展させられなかった。

進はことあるごとに、

「伝兵衛はできぶつだ。きみはたいへんな人物を弟に持ったものだ」

と志津に話した。

女子美術学校の支援について、志津はそのできぶつの弟に直談判すれば用は済む話だったが控えた。順天堂はあくまで進が主宰者であり、その中心人物をはずした折衝はしなかった。親しい仲にも礼儀は必要だった。

新学期を控えたある年、志津が女子美術学校の机、椅子、整理棚の購入をはじめ、校舎の一部改築、画架の補充、カーテンの補修などを計画した。かなりの費用が必要だった。

そのための援助を進に要請した。

「またか」

と進が言った。

例によって志津は学校を整備する上での費用を説明した。

進は黙ってきいていたが、この日は珍しく、

「わかった。大野に伝えておく」

と言わなかった。

志津もいつもの進と勝手が違うので不思議に思いながら話を終えた。

「つい先日、お宅の病院は附属学校を持っていますね、ときかれた」

どういう意味だと思うと進はきいた。

志津はうすうす感じるものがあったが何も言わなかった。

「附属は女子美術学校のことだ。皮肉をきかせたつもりだろう」

「そんな人がいますか」

「ああ、あからさまに順天堂附属女子美術学校という者もいる」

「面白いですね」

「面白いか」

進は志津の意外な反応に怪訝そうだった。

「わたしは常々、女子美術学校と順天堂は姉妹だと思っています。順天堂附属女子美術学校といわれているなら、それこそ光栄ですわ」

志津はさらに続けた。

「わたしは医学も美術も、どちらも人を癒すものと考えています。人間の根幹を扱っている世界です」

順天堂附属女子美術学校とは実に上手い表現だと思いますと志津は言った。

「そうか。わかった。大野に伝えておく」

進は最後に言った。

数日後、大野伝兵衛が学校を訪ねてきた。伝兵衛は志津のすぐ下の弟で長男の百太郎に風貌がよく似ていた。百太郎は米国留学後、日本に百貨店を根づかせた人物で商才に長けていた。兄弟で異才を発揮していた。

「姉さん、お久しぶりです」

伝兵衛は礼儀正しく挨拶して志津と向かい合って座った。

それからしばらく世間話をして、いつものように小切手を入れた和紙の封筒を黙って机に置いて帰って行った。所要の金銭についてあれこれ言わないのが伝兵衛の一貫した態度だった。

志津は順天堂からの金銭援助に感謝しつつ、癒しの実践と充実を図らねばならないと気を引き締めた。

八

明治三十九年(一九〇六)に女子美術学校の生徒数は六百五十名に達した。経営もそれなりに安定し、美術学校として教育界に確固とした足場を築いていた。

女子に美術をという学校の方針は順調に浸透していた。

順調なのは女子美術学校ばかりではなく姉妹関係の順天堂病院も万事、都合よく運んでいた。患者外科なら順天堂と日本中の評判をとったのはひとえに進の実力と名声によるものだった。患者は全国から集まり、同時に、進に憧れる医者たちも集まってきた。良い医者の集団は順天堂の名をさらに不動のものにした。

佐倉順天堂以来、順天堂で育った門人が全国に散り、医療を実践していた。順天堂では、門人向けに定期的に研修会を開いて医学を研鑽し、親睦をはかっていた。その折多額の寄付金が集まった。

病院の収益もあがり経営は順調だった。

こうした状況の下、進は大野伝兵衛から、

「院長、改築しましょう」

という提案を受けた。

「大丈夫か」

と進はきいた。資金の有無である。

「大丈夫です。何でしたら資産目録をお見せしましょうか」

「いや、いい」

進は大野に経営上で全幅の信頼を置いている。

「よし、ではやろう」

進の決断で順天堂は改築に乗りだした。

改築は以前からの懸案だった。病院改築にあたっては日本一の病院を建築しようと考えていた。

それまでの順天堂の病院は、待合室は畳敷きで、病室の廊下も半分は畳が敷いてあった。明治八年（一八七五）に建てられた病院は年月を経て壁や柱も劣化して衛生状況も悪く、また、職員の応対もともすれば横柄になりがちだった。そこには、外科なら順天堂という世間の評価や自信からくる、安住や奢《おご》りがあったのは否めない。順天堂に古くから働いてきた古参の医者や職員のなかには、医療の原点を忘れている者も見うけられたのである。進はこうした順天堂内部の空気に危機感を抱いていた。病院を改築し、それを機会に心機一転、病院の悪弊を一掃して出直そうと図った。設備や規模の上で、日本一の病院を建築すると同時に、患者に支持される病院にしようと決意したのだった。

進は改築にあたり、設計者に娘（養女・定）の婿の真水英夫《まみずひでお》を選んだ。慶応二年（一八六六）に生まれ、明治二十五年（一八九二）に東京帝国大学工科大学を卒業した建築家で、文部省の役人としてアメリカに留学し、日本の帝国図書館の建築に携わった。その技量を見込んでの選定だった。

明治三十九年十一月、三階建て木骨モルタル洋風建築の本館が完成した。構想以来、実に、六年を費やして近代的病院に生まれかわった。順天堂の新病院はさらに患者を全国から呼んだ。

進は日露戦争の勲功により、翌明治四十年九月に男爵を授与された。この慶事に、長男の昇が謡い、志津が鼓を打って、進が舞った。久しぶりに家族で趣味の世界に遊んだのだった。

裕福な造り酒屋で育った影響か、進は多彩な趣味を持っていた。歌舞伎や文楽、能の鑑賞にとどまらず、みずから舞を演じた。茶崖と号して、書や絵も楽しんだ。日露戦争への従軍に際し、気に入りの掛軸を持参して宿の床の間に飾ったほどだった。

一方、この年、志津は一通の訃報を受けとった。

「浅井忠さんが亡くなりました」

志津は進に伝えた。十二月十六日、京都大学病院にて死去した。

「これからというところなのに。いくつだ？」

「五十二です」

「若いな」

進は十一歳下の浅井忠の死を惜しんだ。

浅井忠はフランスから帰国して、京都を拠点に画家の育成につとめ、東京には戻らなかった。

「浅井さんには弓町に来てもらい、女子美術学校を一度見ていただきたかった」

今となっては、それも叶わなくなった。

志津は浅井忠の冥福を祈りつつ、校務をこなした。校長の身だったが、率先して教壇に立ち、修身・作法を教えた。また、寄宿舎にしばしば宿泊して生徒たちと寝食をともにして教え、導いた。教育の原点は生活の場にあるという横井玉子流の理念を継承した授業だった。

女子美術学校は新館が竣工した順天堂病院ともども発展しつつあった。志津には、両者は姉妹であり、佐藤夫婦にとって車の両輪に思えた。

——遅くてもいい。真っ直ぐ、着実に……。

志津はいつまでも支障のない走りを願った。

九

明治四十一年（一九〇八）十月十三日、志津は茨城県霞ヶ浦・麻生の別荘に来ていた。

この日の夜、広い玄関のたたきに置いた菊の花を眺めていた。昼には棚にならべた菊の鉢植えを散策途中に鑑賞していた。今年は黄菊の大輪も懸崖《けんがい》仕立ても殊《こと》の外、良くできた。菊作りは月日と手入れに左右される。菊は正直だった。丹精こめれば、こめただけの結果があらわれた。しかし、これまで技術が追いつかず、菊の出来は今ひとつだった。それが今年は満足できる出来だった。

――ようやくたどり着いたわ。

思わず志津の頬も緩んだものだった。

一部を駒込邸に持ち帰り秋の園遊会に展示しようと計画し、その鉢植えを玄関のたたきに用意したのだった。

そのとき、賄い婦のウメが廊下を足音高く急ぎ足で走ってきて、志津の足元に転がるように倒れこんだ。

「お、奥様、た、たいへんです」

血相を変え、あまりの狼狽に声が出なかった。両手を宙に泳がすばかりである。

「落ちつきなさい。ウメ、何があったのです」

志津はウメの肩をとって、その目を見据えた。

「奥様、か、火事です」

ウメは渇ききった喉からようやく声にした。

「火事……。どこが、火事ですか」

志津はきき返した。自分の声が震えているのがわかった。

「奥様の学校です」

ウメはかすれた声でこたえた。

「学校、学校が火事なのですか」

志津の問いかけにウメはただただうなずくばかりだった。

――学校が火事……。

目の前がまっ暗になった。頭の中は苦難の末に増築した校舎の燃え盛る様が思い描かれ、全身の力が抜けるのを感じた。

そのとき、不意に耳元で声がきこえた。

「女子美術学校を救ってください」

横井玉子の言葉だった。

——玉子さん……。

志津は冷静にならなければならないと思った。自然と背筋が伸びた。

「それはいつですか」

志津はいつもの声音でウメにきいた。

「夕方です。いま、電報が届きました」

電報には、「ガツコウカサイニミマワレル」とあるだけで詳細は不明だった。

「これからすぐに弓町に帰ります」

志津は小さな火事であれと祈りながら人力車を手配させた。そして、霞ヶ浦を蒸気船で三時間かけて横ぎって土浦に出て、そこから朝一番の列車で四時間かかって本郷に到着した。

志津が学校に着いたとき、職員たちは校庭に全員集まり声もなくうなだれていた。校舎はほとんど焼け落ち、柱や屋根も黒い灰のかたまりとなってまだくすぶっていた。

——これは……。

志津は火災現場に立ち尽くし動けなかった。横井玉子から引き継ぎ、みずからも増築した校舎は灰塵《かいじん》に帰していた。わずかに二、三の教室を残すばかりだった。その残った教室も使えそうになかった。学校は一面、無残な瓦礫《がれき》の山と化していた。

——女子美術学校を救ってください。

玉子の言葉が甦ってきて志津は我に返った。

「生徒たちはどうしました。怪我人は？」

志津は舎監に問いただした。

「みんな無事です。寄宿生は順天堂病院に避難しています」

「順天堂に……。それはよかった」

このときほど志津は夫の順天堂がありがたいと思ったことはなかった。生徒たちの無事が何よりだった。

「校舎がまたたくまに火に包まれて火柱がそれこそ二、三十メートルの高さに上りました。それでも、幸いに風が穏やかだったため近所への類焼をまぬかれました」

舎監は涙ぐみながら報告した。学校のそばまで人家がせまっていたが近隣に迷惑をかけなかったのは不幸中の幸いであった。

そのとき、裁縫科の主任教師が志津に近づいてきて、

「佐藤先生、お許しください」

と志津の足元に泣き崩れた。

「どうしました」

志津は何事かと、小刻みに震え、衰弱しきった主任教師の背中を見つめた。

「わたしの怠慢がこんなことを引き起こしました」

宿直員の目撃談によると、火事は午後六時五十分頃、校舎三階の裁縫科教室から出火した。教室にあった火熨斗《ひのし》（炭火を入れてその熱で布のしわをのばす金属製の器。アイロン）の残り火に紙か布かが触れて引火し、部屋中に広がったようだった。木造の校舎はまたたくまに火に包まれた。だが、消防の活躍もあって類焼をまぬかれ、七時四十分頃に鎮火した。

火元が裁縫科教室だったので、主任教師は責任を感じて泣き崩れたのだった。

「どうぞわたしに責任をとらせてください」

主任教師は訴えた。

「これは天命です。だれかれの責任ではありません。今はどうこの事態をしのぐかが問題です」

志津は主任教師を立ち上がらせ、周囲にいる教師たちに向かって話し始めた。

「これからの始末は一人ではできません。一同、心を合わせ努力して、この難事を乗りきりましょう」

志津は火事の後片付けを命じた。

共同作業の結果、焼け跡に一週間後には仮校舎ができ、授業が再開された。

寄宿生百三十名は順天堂に避難してこの事態を凌《しの》いだ。まさに、〝順天堂附属女子美術学校〟として助け合いの様相を呈したのである。

十

女子美術学校が火災に遭ったころ、進は伊藤博文からの要請を受けて、韓国政府の大韓医院（後の総督府病院）創立委員長として京城に滞在中だった。三年越しの病院建設がようやく完成し、開院式を十日後に控え、準備に追われているときだった。

電報には「ガッコウゼンショウス」とあった。

進は学校全焼の報に何事かとただ驚くばかりだった。その反面、安堵する気持ちも起こってきた。

火災は不運だったが、

「これで志津もあきらめるだろう」

と思った。

資金難と赤字続きで常に経営に腐心していた女子美術学校だった。学校が全焼したなら、気丈であばらっ娘と異名をとったさしもの志津も観念して学校経営から手を退くだろうと考えた。進はもともと美術学校を引き受けることには反対だった。

これで進もまた学校経営の苦労から解放されるのである。六十四歳の進も安心だった。

十月二十四日、三年越しで建設された大韓医院の開院式が行なわれた。

進は院長として出席した式典の途中で東京からの電報を受け取った。

「キクザカニシンコウシヤケンセツヨテイ」

菊坂に新校舎建設予定、とあった。電文に進は思わず、

「何っ!」

驚きの声をあげた。

列席者は何事かと進を見つめたものだった。

妻の志津は学校経営を諦めるどころか、弓町から本郷菊坂への移転を考えていた。

早々に韓国から帰国してみると、すでに菊坂への移転計画は着々と進行中だった。弓町二丁目から北へ五百メートルほど移動した菊坂にある本妙寺の敷地に六百十四坪の土地を確保していた。

その土地は江戸・明暦三年(一六五七)に発生した明暦の大火、別名、振袖火事の火元だった。正月十八日から十九日まで燃え盛り、江戸市中の三分の二を火の海にして江戸城の本丸も焼け落ちた。死者は十万余人に及ぶ江戸時代最大の火災だった。火の原因は本郷丸山町の本妙寺で行なわれた施餓鬼《せがき》法要で焼いた振袖が空中に舞い上がり、折からの北西の強風にあおられ、たちまち火が広がったと伝えられている。

余談だが、振袖火事の瓦礫で埋め立てられた新しい土地が築地鉄砲洲だった。その鉄砲洲の細

川藩邸で女子美術学校の創立者、横井玉子は生まれている。火元の菊坂と創立者の鉄砲洲――。二つの土地は偶然ながらつながっている。

菊坂の土地は縁起でもないとして誰も手をつけなかった場所だった。周囲は墓石や卒塔婆《そとば》が建つばかりである。

その土地を志津は本妙寺から借りたのだった。

「もっと他にいくらでも土地は余っているはずだ」

進は学校経営から手を退かせようと志津を再度説得したが無駄と分かって、校地について苦言を呈した。

敷地なら、根岸、向島、千住、板橋、品川など、東京のどこであれ同じ資金を投入すれば、より広い土地が確保できたはずである。

「いえ、校地はここでなければなりません。これは千載一遇の機会なのです」

志津は断言した。

「千載一遇……。火災がか」

進は理解できなかった。

「そうです。わたしは常々、学校をいずれ東大前に移転したいと考えていました。このたび、それを決意させてくれたのです」

父の信念である、天の道に順《したが》うという順天堂精神の実行でもあった。

す」

「東大前といったか？」

「そうです。校地は東大前でなければなりません。父の無念をわたし自身の考えで晴らすためで

志津は長年胸に秘めていた思いを進に吐露した。

父、尚中は明治二年（一八六九）に新政府から懇願されて大学大博士に任命され、大学東校の最高責任者となった。その大学東校の教育陣のほとんどは佐倉順天堂の門人で占められた。いわば、東京大学医学部を作ったのは尚中だった。

ところが、明治四年にプロシャ陸軍軍医、レオポルト・ミュルレルと海軍軍医、テオドール・ホフマンがお雇い医師として赴任した。特に、ミュルレルは教育改革と称しておのれの主義主張を貫き、ともすれば尚中の意見を無視して傍若無人に振る舞った。

尚中は日本にできるだけ早く西洋医学を根づかせるために医学者の速成は急務と考えていた。ところが、ミュルレルは一切の変則教育を認めず本科五年予科三年の正則教育に拘泥《こうでい》した。また、ミュルレルは日本の医者を古臭い漢方医学に毒された非科学的な集団と一括してとらえていて、その矢面に立ったのが尚中だった。佐倉順天堂は蘭学を積極的に取り入れて医学水準は当時、日本一の実力を保っていた。が、ミュルレルは学長の承諾なしに事を進められるよう条件を呑ませ、万事、独善的に教育現場を牛耳った。

このため、尚中は大学大丞（事務系の官位）、大博士（教官としての最高位）、大典医（天皇の

一級侍医）の地位をすべてなげうって明治五年に学校から去った。尚中、四十六歳だった。

このとき路頭に迷う医学生が多数にのぼった。それを救うために教育に乗りださねばならないと決意し、みずから建てたのが私立病院順天堂医院であった。

「わたしはいずれ女子美術学校を東大の真正面に建てるべきだといつも考えていました」

それが父に報いる道ですと志津は言った。

進は黙ってうなずくばかりだった。

十一

志津の新たな課題は新校舎の建設だった。その設計は順天堂医院の本館を担当した娘婿の真水英夫に依頼しようと思っていた。四十三歳で建築家として円熟していた。

来年、三月の卒業式までに新校舎を建てたい旨を真水に伝えた。

「三月……。正味、四カ月とないですよ」

真水英夫は急な話に当惑気味だった。

「無理は承知です。来年の入学希望者も大勢いるのです。その人たちに来ていただきたいと思っています」

間に合いますかときいた。

敷地を確保したいま、問題はどう設計図を引くかだと志津は考えていた。かなりの時間をとれるような気がした。しかし、生徒たちをいつまでも仮校舎で学ばせるわけには行かない。時間はなかった。

真水は物も言わずに考えこんでいた。

やがて、

「間に合います」

と真水は顔をあげて言った。

「間に合うのですか」

さすが娘婿と喜ぶ反面、本当に大丈夫なのかと不安も生じた。

「設計図はあります」

「ある?」

どういうことですかと志津は問いかけた。

「設計図は順天堂の本館で引いた設計図をそのまま応用します」

本館は一昨年の秋に完成したばかりだった。その三階建て木骨モルタル洋風建築の設計図に多少手を加えるだけで転用できた。内部は部屋割りを工夫して教室にすればよかった。順天堂で工事長を務めた真水とすれば、基礎工事から材木の調達、大工の手配、組立まで、もう一棟建てると思えば効率がよかった。

「なるほど」

名案だと志津は感心した。

早速、建設に入った。

明治四十二年（一九〇九）三月、三階建て校舎の中心部が完成した。誰もが信じられないほど早く出来たのは真水の機転のためだった。造りは順天堂の本館そっくりだった。

——本当に姉妹校になった……。

志津は完成した学校の正面バルコニーに立った。眼下に東大の象徴、赤門がほぼ正面に望めた。

——できました、父上。

これで父に恩返しができたように思えた。

新校舎建築にあたって、志津はあらゆる知人縁者を訪ねて寄付金を集め、同時に、みずからの財産をすべて投げ出して建築費用にあてた。

世間は、「佐藤志津は自分の着物を脱いで学校に着せた」と評したほどだった。大野伝兵衛の影の力も働いた。「菊坂の女子美」はその後、美術学校として約四半世紀にわたって使用された。

志津は大正八年（一九一九）三月十七日、スペイン風邪のために死去した。享年、六十九。折りからの卒業式を気にかけたうわ言を発し、最後まで学校の行く末を案じていた。

間もなく進が七十五歳で三代目の校長に就任した。あれほど美術学校の引き受けに反対したものの、志津亡きあとは率先して学校の発展に尽くした。
大正九年には女子美術学校の校歌を作詞した。

一　知識《さとり》の草に徳の花
　　茂げる学びの我園は
　かをりめでたき菊坂に
　　幾千代までも栄えなむ
二　胸にかけたる八咫鏡《やたかがみ》
　　かがみとなして朝夕に
　つゆ怠らず学びつつ
　　光をそへよ誠心に

女子美術学校（昭和四年に女子美術専門学校）は校地が手狭になり、昭和十年（一九三五）、菊坂から杉並区和田本町に移転した。

杉並校の敷地内に横井玉子と佐藤志津の胸像が建っている。志津の胸像は学校創立六十周年で作られた。玉子の胸像はそれまで作られていなかったが、創立百周年を記念して平成十六年（二〇〇四）に制作された。

この地球上に女子の美術学校は、アメリカのムーア大学と女子美しかない。

世界に二つの学校――。

いま、二人の銅像が二つの星として女子美術大学本部建物の前に並んで置かれ、学園の行く末を見つめている。


（了）

横井玉子 年譜

1854年（嘉永7年） 9月12日、肥後新田藩家老原尹胤の次女として築地鉄砲洲船松町二丁目に生まれる。

1868年（明治元年） 細川若狭守とともに、熊本県高瀬（現在の玉名市）に移る。高瀬藩と称する。

1870年（明治3年） 熊本洋学校にて和洋普通学修業。ミセス・ジェーンズに西洋洋裁・料理法を、宮内宇吉に日本裁縫を、井上長次郎に日本料理を学ぶ。

1872年（明治5年） 5月28日、伊勢時治（横井時治）と結婚、伊勢タマと称する。

1875年（明治8年） 時治の看護のため上京、10月3日、時治死亡。

1879年（明治12年） キリスト教信仰、芝教会にてワデル氏より洗礼を受ける。ミセス・ワデルについて洋裁を学ぶ。

1881年（明治14年） 小笠原家の高等女礼式を卒業する。

1884年（明治17年） 吉島瀧音より琴の免許を受ける。

1885年（明治18年） 築地明石町、海岸女学校教員として礼式を教授。芝区立鞆《ともえ》小学校助教として礼式・裁縫を教授。10月、築地新栄女学校事務監督、礼式・裁縫の教授もする。

1886年(明治19年) 東京府師範学校にて高等裁縫、高等女礼式試験合格。
本多錦吉郎について西洋画を学ぶ。
後、浅井忠について水彩画を学ぶ。

1888年(明治21年) 東京婦人嬌風会役員に選出される。

1889年(明治22年) 古流、好静庵について茶道・生花を学ぶ。
合併により女子学院、同学院寄宿舎監督、
礼式・裁縫・洋画・割烹を教授する。

1896年(明治29年) 『婦人新報』に玉子著「料理法」の連載が始まる。

1899年(明治32年) 白馬会入会、洋画を研究する。

1900年(明治33年) 8月、女子美術学校設立の議を起こす。9月、女子学院監督辞職。
10月、女子美術学校認可される。

1901年(明治34年) 4月、女子美術学校開校、舎監兼監事となる。
『婦人新報』第50号に「女性改良服」を発表。

1903年(明治36年) 1月4日午後7時10分永眠する。谷中霊園、横井時治とともに眠る。

佐藤志津 年譜

1851年（嘉永4年） 佐藤志津、常陸国行方郡麻生（現在の茨城県）に生まれる。

1853年（嘉永6年） 志津の父・尚中、佐藤泰然の養子となる。

1855年（安政2年） 浜野東に手習いを受ける。

1859年（安政6年） 水戸の大叔母・藤枝富右衛門方にあずけられ、礼儀作法などを学ぶ。

1862年（文久2年） 佐倉に戻る。岡本道庵に漢学を学ぶ。

高和東之助（後の夫・進）、順天堂に入門し、佐藤尚中に学ぶ。

1864年（元治元年） 堀田家に見習いに出、堀田正睦の息女・松姫のお相手となる。

1867年（慶応3年） 進と結婚する。

1869年（明治2年） 夫・佐藤進、ドイツ留学（〜明治8年）。

父・尚中、東大医学部の立ち上げに関わる。

1872年（明治5年） 父・尚中、上野下谷練塀町に東京・順天堂を開く。

1876年（明治9年） 次男・昇誕生。

1877年（明治10年） 西南戦争が起こり、夫・進、陸軍臨時病院委員長に命ぜられ、大阪出張。

1882年（明治15年） 尚中、逝去。

1883年（明治16年）鹿鳴館開館、舞踏会にて活躍。

1900年（明治33年）私立女子美術学校、設立認可される。

1901年（明治34年）私立女子美術学校開校。

1902年（明治35年）私立女子美術学校の校主となる。

1904年（明治37年）私立女子美術学校初代校長・藤田文蔵退職、志津、同校校長となる。

1908年（明治41年）本郷弓町火事により女子美術学校校舎消失、本郷菊坂に新校舎建設計画を立てる（翌年完成）。

1912年（明治45年）次男・昇逝去。

1914年（大正3年）パナマ・パシフィック国連博覧会、天皇皇后両陛下行幸の際、献上品を御嘉納、皇室より作品を買い上げられる。

1915年（大正4年）女子美術学校創立15周年。

同校に中等教員無試験検定資格付与される。

1916年（大正5年）付属高等女学校設立翌年佐藤高等女学校と改称。

女子教育功労者・勳六等宝冠章を受ける。

1917年（大正6年）財団法人私立女子美術学校設立。進、初代理事長となる。

1919年（大正8年）逝去。

1921年（大正10年）進、逝去。

横井家系図

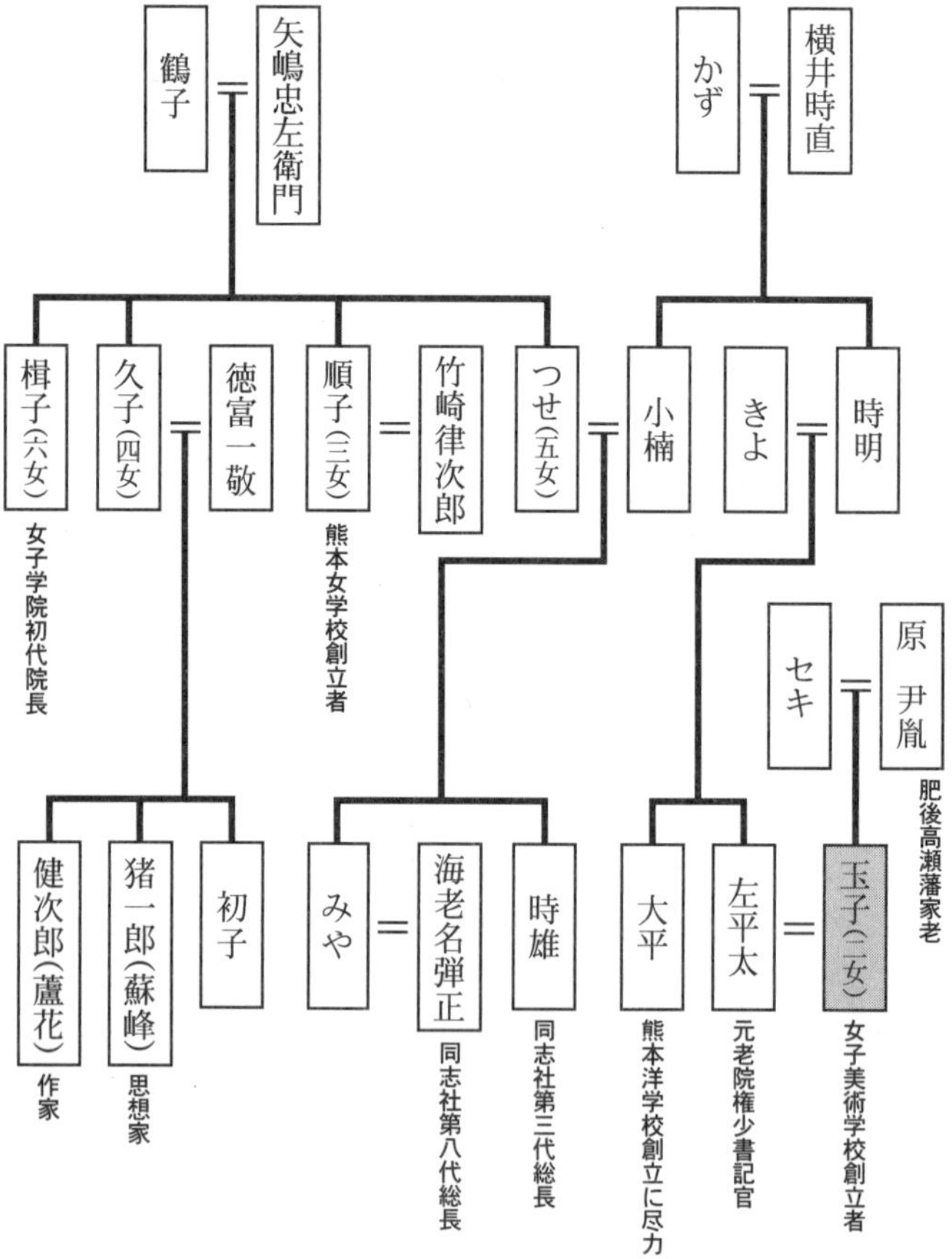
鶴子
矢嶋忠左衛門
かず
横井時直
楫子（六女）
女子学院初代院長
久子（四女）
徳富一敬
順子（三女）
熊本女学校創立者
竹崎律次郎
つせ（五女）
小楠
きよ
時明
セキ
原　尹胤
肥後高瀬藩家老
健次郎（蘆花）
作家
猪一郎（蘇峰）
思想家
初子
みや
海老名弾正
同志社第八代総長
時雄
同志社第三代総長
大平
熊本洋学校創立に尽力
左平太
元老院権少書記官
玉子（二女）
女子美術学校創立者

佐藤家系図

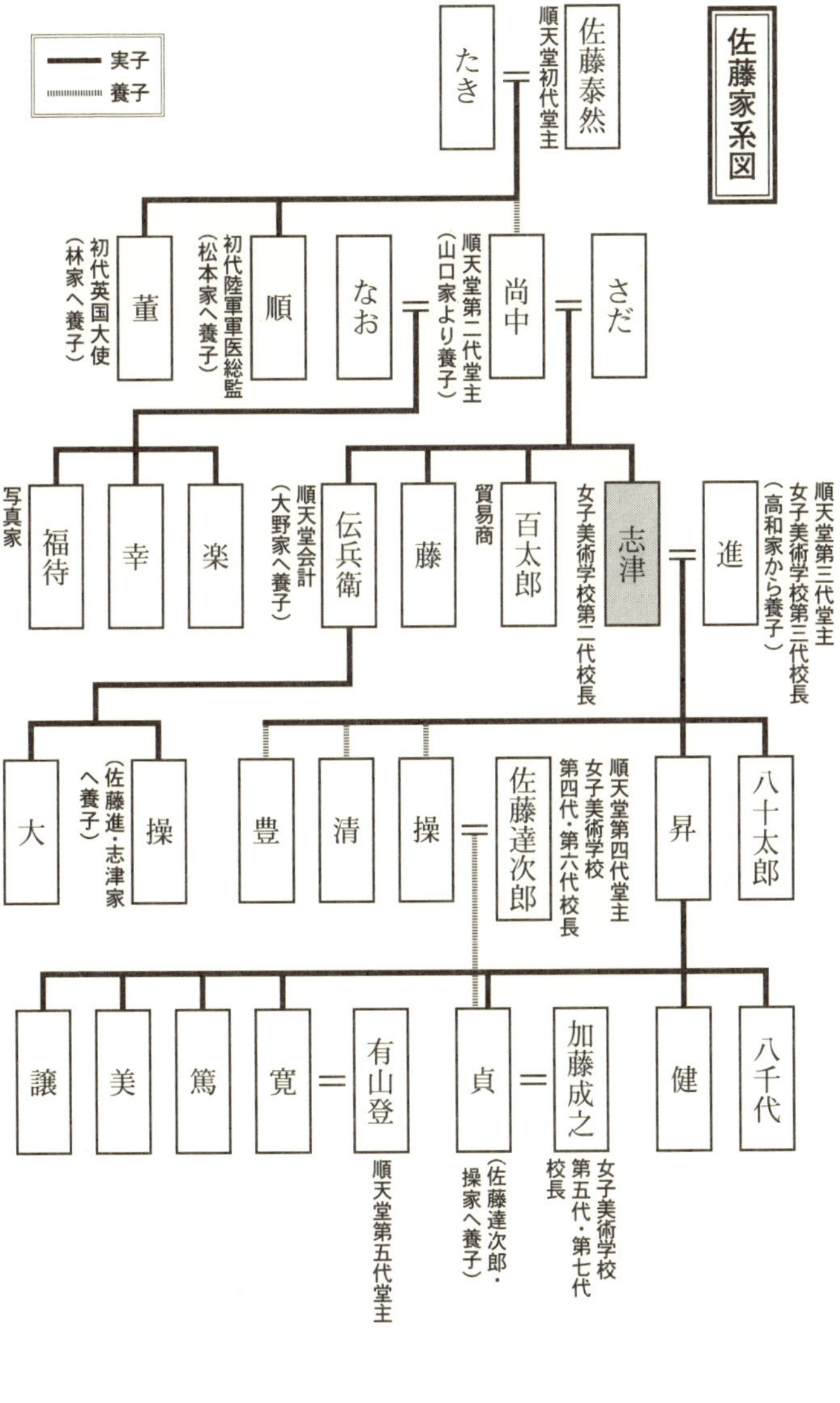

実子
養子
佐藤泰然
順天堂初代堂主
たき
董
初代英国大使
（林家へ養子）
順
初代陸軍軍医総監
（松本家へ養子）
なお
尚中
順天堂第二代堂主
（山口家より養子）
さだ
福待
写真家
幸
楽
伝兵衛
順天堂会計
（大野家へ養子）
藤
百太郎
貿易商
志津
女子美術学校第二代校長
進
順天堂第三代堂主
女子美術学校第三代校長
（高和家から養子）
大
操
（佐藤進・志津家へ養子）
豊
清
操
佐藤達次郎
順天堂第四代堂主
女子美術学校
第四代・第六代校長
昇
八十太郎
譲
美
篤
寛
有山登
順天堂第五代堂主
貞
（佐藤達次郎・操家へ養子）
加藤成之
女子美術学校
第五代・第七代
校長
健
八千代

主要参考文献

「美の原点」青木純子、平成十一年
「女子美術大学百年史」女子美術大学百周年編集委員会、平成十五年
「順天堂史・上巻」順天堂、昭和五十五年
「佐倉市郷土の先覚者・佐藤志津」佐倉市教育委員会、平成五年
「女子高等美術教育の先駆者・横井玉子研究（一）」佐藤善一、女子美術大学紀要第二十九号、平成十一年
「横井玉子」堤克彦、歴史玉名第二十号、平成七年
「家庭料理法」横井玉子、富山房、明治三十六年
「佐藤男爵」谷紀三郎、大正三年
「外科医佐藤進」森田美比、常陸太田市、昭和五十六年
「佐藤進」佐倉市教育委員会、平成十一年
「佐藤尚中」佐倉市教育委員会、平成四年
「蘭醫佐藤泰然」村上一郎、房総郷土研究会、昭和十六年
「堀田正睦」佐倉市教育委員会、平成三年
「松本順」佐倉市教育委員会、平成十年
「浅井忠」佐倉市教育委員会、平成三年
「浅井忠伝」石井柏亭、芸艸堂、昭和四年

「明治に生きた佐倉藩ゆかりの人々」内田儀久、聚海書林、平成九年
「佐倉市史」佐倉市、昭和四十八年
「東京大学医学部百年史」東京大学医学部百年史編集委員会、昭和四十二年
「横井小楠」堤克彦、西日本新聞社、平成十六年
「海舟座談」巌本善治編、岩波書店、平成七年
「熊本洋学校とジェーンズ」潮谷総一郎、平成三年
「藤田文蔵研究」佐藤善一、女子美術大学紀要第三十号、平成十二年
「矢嶋楫子伝」久布白落実、大空社、昭和六十三年
「若松賤子」巌本記念会、日報通信社、平成七年
「嘉悦孝子伝」嘉悦康人、浪漫、昭和四十八年
「目で見る女子学院の歴史」女子学院資料室委員会、平成四年
「女性解放思想の源流」野辺地清江、校倉書房、昭和五十九年
「高瀬絞り木綿の源流とその展開」玉名市立歴史博物館こころピア、平成八年
「高瀬藩」玉名市立歴史博物館こころピア、平成十年
「築地明石町今昔」北川千秋、聖路加国際病院礼拝堂委員会、昭和六十一年
「日本の医療史」酒井シヅ、東京書籍、昭和五十七年
ほか

あとがき

女子美術大学には二人の親がいる。産みの親が横井玉子（一八五四～一九〇三）で、育ての親が佐藤志津（一八五一～一九一九）である。二人の親がいなかったなら今日の女子美はなかった。大学にとって二つの星である。

女子の美術大学校はこの地球上に二つしかない。ムーア美術大学（アメリカ・ペンシルベニア州フィラデルフィア）と女子美術大学である。どちらも百年余の歴史と伝統を有する。

以前、わたしは、意味のないものはこの世に存在しない、という言葉に出会っている。必要のないものは、自然界の弱肉強食、適者生存の法則に従い、消えて行くしかない。

にもかかわらず、日本の女子美術大学は年月の重みに耐え、時代の潮流に流されずに厳然として生き残っている。今なお営々と生命力を保っている。その源泉と苦難の道のりを、このたび書き起こしたつもりである。

執筆のきっかけを与えてくださったのは、女子美術大学理事長の大村智《さとし》先生である。先生は北里研究所名誉理事長でもあり、アフリカの熱帯病に対する抗生物質を開発した世界的な科学者としても知られている。わたしが評伝小説『北里柴三郎——ドンネルと呼ばれた男』を書いて以来のご縁である。

その大村先生が、

「女子美術大学の歴史を書いてみないか」

と声をかけてくださったのである。

だが、わたしはこれまで主に医学関係をテーマに作品を発表してきて、正直、絵画の世界には疎く、美術の〝ビ〟も知らない。どうしたものかと思いつつも資料の山に取り組み、女子美の歴史をひもといた。

　すると、美術学校でありながら、幕末・明治期の医学史や東京大学、順天堂大学など、医学と深く関係している。また、調べれば調べるほど、横井玉子と佐藤志津という二人の女性の魅力にも引き込まれた。女性の社会進出などかなわなかった時代に、その挑戦力と武士道精神は傑出している。

　女子美術大学について大いに興味を抱いた。この学校と二人の女性について、どんな〝絵〟が描けるか、わたし自身挑戦するつもりでスタートした。そして、美術の単科大学として今もなお発展の途上にあるのは、横井玉子と佐藤志津という二つの星が、まだ強く明るく光芒を放っているからだろうと納得して擱筆したのである。

『二つの星――横井玉子と佐藤志津　女子美術大学建学への道』は、月刊誌『美術の窓』（生活の友社）に二〇〇九年六月号から二〇一〇年九月号まで、十六回にわたって連載した小説である。今回の上梓にあたり一部に筆を加えた。連載中は『美術の窓』編集長・一井建二氏、とりわけ庄司美樹氏には聡明にしてタフな仕事ぶりに助けられた。

また、女子美術大学、順天堂大学及び佐倉順天堂の先生方、佐倉市教育委員会、東京都中央区教育委員会、熊本県玉名市立歴史博物館、横井小楠記念館などの関係者、さらには、常々、お力添えをいただいている医師や薬剤師の方々について個別的にお名前をあげないが感謝の念を述べたい。

さらに、出版化にあたり労をとっていただいた入江潔氏、講談社エディトリアルの金子正之氏、岩田玄二氏にはたいへんお世話になった。物書きにとって、作品を一冊の本として世に送り出す以上の慶事はない。女子美術大学建学百十周年の記念すべき年に本書を出版できた幸運に感謝しつつ、記してお礼申し上げます。

二〇一〇年九月　猛暑の日に

山崎光夫

山崎光夫（やまざき　みつお）

1947年、福井市生まれ。1970年、早稲田大学を卒業後、放送作家、雑誌記者を経て作家となる。『安楽処方箋』で第44回小説現代新人賞を受賞。『藪の中の家―芥川自死の謎を解く』で第17回新田次郎文学賞を受賞。主な著書に『ジェンナーの遺言』『東京検死官』『逆転検死官』『精神外科医』『ドンネルの男・北里柴三郎（上・下）』『風雲の人・大隈重信青春譜』『戦国武将の養生訓』などがある。

二《ふた》つの星《ほし》　横井《よこい》玉子《たまこ》と佐藤《さとう》志津《しず》　女子《じょし》美術《びじゅつ》大学《だいがく》建学《けんがく》への道《みち》

二〇一〇年十月二〇日　第一刷発行

著　者　山崎光夫

装　丁　ブリュッケ（佐藤　舞＋牧村　玲）

発行者　鈴木　哲

発行所　株式会社講談社
〒一一二―八〇〇一　東京都文京区音羽二―一二―二一
販売部　〇三―五三九五―三六二二
業務部　〇三―五三九五―三六一五

編　集　株式会社講談社エディトリアル
代表　丸木明博
〒一一二―〇〇一二　東京都文京区大塚二―八―三
講談社護国寺ビル
編集部　〇三―五三一九―二一七一

印刷所　星野精版印刷株式会社

製本所　黒柳製本株式会社

定価はカバーに表示してあります。

N.D.C377　335p　20cm
ISBN978-4-06-216503-7

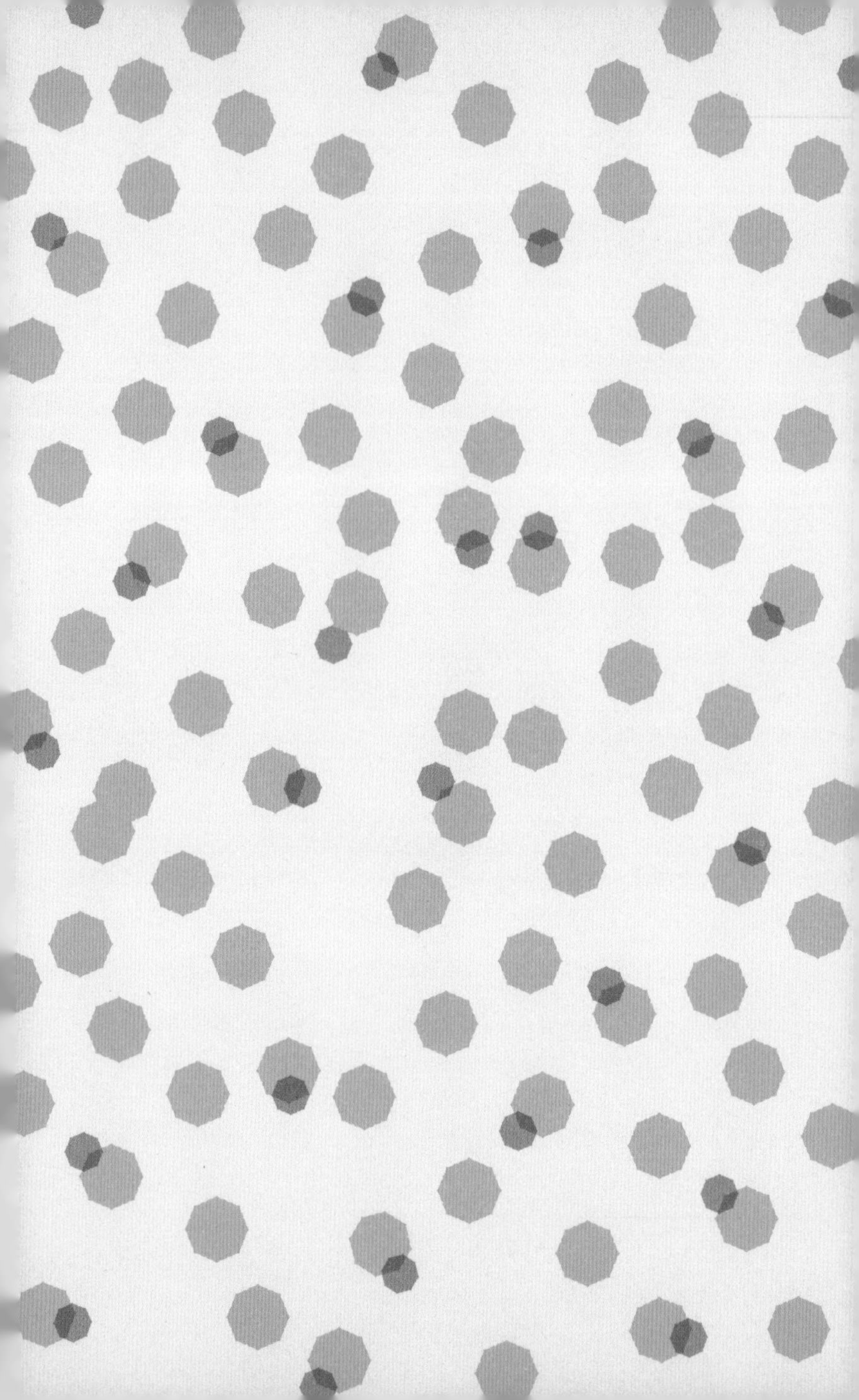